倾我一生一世念

纳兰容若的情与词

—— 著

煤炭工业出版社
·北京·

图书在版编目（CIP）数据

倾我一生一世念：纳兰容若的情与词／水之湄著．
－－北京：煤炭工业出版社，2016（2020.6重印）
ISBN 978－7－5020－5270－6

Ⅰ.①倾… Ⅱ.①水… Ⅲ.①纳兰性德（1654～1685）—词（文学）—诗词研究 Ⅳ.①I207.23

中国版本图书馆 CIP 数据核字（2016）第 070518 号

倾我一生一世念

纳兰容若的情与词

著　　者	水之湄
责任编辑	马明仁
特约编辑	郭浩亮　汪　婷
特约监制	朱文平
封面设计	@嫁衣工舍
插　　画	肖　萃
出版发行	煤炭工业出版社（北京市朝阳区芍药居35号　100029）
电　　话	010－84657898（总编室）
	010－64018321（发行部）　010－84657880（读者服务部）
电子信箱	cciph612@126.com
网　　址	www.cciph.com.cn
印　　刷	保定市海天印务有限公司
经　　销	全国新华书店
开　　本	880mm×1230mm^1/$_{32}$　印张　7　字数　150千字
版　　次	2016年6月第1版　2020年6月第2次印刷
社内编号	8121　　　　　　　定价　36.80元

版权所有　违者必究

本书如有缺页、倒页、脱页等质量问题，本社负责调换，电话:010－84657880

序言

倾我一生一世念

  一直想寻一剪闲暇时光和纳兰深情对坐,尽管我们之间隔着三百多年的光阴,他在时光的那头,我在时光的这头,但他的每一阕词都在我的内心掀起了波澜。穿越三千多年时光,我从《诗经》一路走来,看过千年的悲欢离合后,《纳兰词》依然如那漫山的荼蘼在我心中葳蕤。

  也许,纳兰欲向我倾诉什么。

  是的,他有太多太多的心语要表达,他需要知音来解读,因此我不能错过纳兰,不能辜负纳兰,因为荼蘼花开转身就会谢尽。

  提笔想起纳兰,满腹的知心话却不知从何说起。有友戏谑道:"既然你决定写纳兰,那你就要像了解情人一样了解他。"是啊,这我又何尝不知呢?我深知,仅凭我知道的几阕长调小令,想走进三百多年前一个多情公子的世界,谈何容易!

  写,我惧怕困难;不写,我怕错过纳兰。

  我深知,很多关爱我的人都在期待我,大家会陪我一起!因此,为了挚爱的亲人、友人,为了钟爱的纳兰,为了那期待的目光,再难我也要坚持!

中南大学的杨雨教授在《百家讲坛》中主讲了"我是人间惆怅客",通过这个节目,我近距离地接触了纳兰,直接地了解到了纳兰的生平事迹。仁者见仁智者见智,尽管我的一些观点和杨雨教授不尽相同,但我依然被她感动。因为我们都无比热爱纳兰,我们都是从他身上寻求真情真爱的人。

　　在解读纳兰词遇到困惑的时候,我就会想起"终有柳暗花明时"这句话,由此心中便有了无比的勇气。走近纳兰才知道,这位"千古伤心词人"是用他泣血的心作词,我的解读并不能及他深情的万分之一。为纳兰爱过、哭过、怜惜过、伤痛过,但我并不后悔,因为我在纳兰清澈的小令长调里蓄着最纯真的情。

　　或许,因为我与纳兰性情相近,所以我以为,只有真切地走近纳兰,爱纳兰一回,人生才没有遗憾。

　　半年时间里,《倾我一生一世念:纳兰容若的情与词》匆匆完稿,如今我终能放下心中的千斤重担。感谢上苍的赐予,我没有辜负纳兰,没有辜负那些期待我、鼓励我的人。

　　一路走来,所有的付出都是值得。
　　愿意为你,千次万次!
　　为你,只因为你!!

目录

第一卷　不是人间富贵花

不是人间富贵花
——《采桑子·塞外咏雪花》 ········· 2

今古河山无定据
——《蝶恋花·出塞》 ············· 7

长相思
——《长相思》 ················ 12

古今幽恨几时平
——《浣溪沙》 ················ 16

第二卷　一生一代一双人

一半残阳下小楼
——《浣溪沙》 ················ 22

须莫及、落花时
——《落花时》 ····· 26

背立盈盈故作羞
——《鹧鸪天·离恨》 ····· 31

肠断月明红豆蔻
——《苏幕遮》 ····· 36

一生一代一双人
——《画堂春》 ····· 41

第三卷 人生若只如初见

人生若只如初见
——《木兰花令·拟古决绝词》 ····· 48

谁翻乐府凄凉曲
——《采桑子》 ····· 53

明月,明月,曾照个人离别
——《调笑令》 ····· 58

今夜玉清眠不眠

　　——《采桑子》 ································· 62

谢却荼蘼，一片月明如水

　　——《酒泉子》 ································· 66

第四卷　身世悠悠何足问

身世悠悠何足问

　　——《金缕曲·赠梁汾》 ························· 72

名士倾城，易到伤心处

　　——《水龙吟·题文姬图》 ······················· 78

人生南北真如梦

　　——《水龙吟·再送荪友南还》 ··················· 87

叹一人、知己终难觅

　　——《潇湘雨·送西溟归慈溪》 ··················· 91

3

第五卷　当时只道是寻常

当时只道是寻常
——《浣溪沙》···98

人到情多情转薄
——《山花子》···102

只向从前悔薄情
——《南乡子·为亡妇题照》·······························106

衔恨愿为天上月，年年犹得向郎圆
——《沁园春》···110

第六卷　不辞冰雪为卿热

夜深微月下杨枝
——《忆江南》···118

不辞冰雪为卿热
——《蝶恋花》···124

4

人间无味，剩月零风里

　　——《金缕曲·亡妇忌日有感》 ·················· 130

西风多少恨，吹不散眉弯

　　——《临江仙·寒柳》 ························ 135

十年踪迹十年心

　　——《虞美人》 ···························· 140

第七卷　冰肌玉骨天分付

东风第一枝

　　——《东风第一枝·桃花》 ···················· 146

并蒂莲

　　——《一丛花·咏并蒂莲》 ···················· 150

湘帘卷处，芳心一束浑难展

　　——《疏影·芭蕉》 ························ 155

冰肌玉骨天分付,别样清幽
　　——《眼儿媚·咏梅》 ········· 159

第八卷　而今才道当时错

相看好处却无言
　　——《浣溪沙》 ········· 166

一种烟波各自愁
　　——《南乡子》 ········· 170

塞鸿去矣,锦字何时寄?
　　——《清平乐》 ········· 175

而今才道当时错
　　——《采桑子》 ········· 180

第九卷　我是人间惆怅客

西风一夜剪芭蕉
　　——《忆王孙》 ········· 186

试看英雄碧血，满龙堆
　　——《南歌子·古戍》 ············· 191

人生须行乐，君知否
　　——《风流子·秋郊射猎》 ············· 195

我是人间惆怅客
　　——《浣溪沙》 ············· 200

后记：人生恰如三月花 ············· 205

第一卷 不是人间富贵花

不是人间富贵花

非关癖爱轻模样，冷处偏佳。
别有根芽，不是人间富贵花。
谢娘别后谁能惜，飘泊天涯。
寒月悲笳，万里西风瀚海沙。

——纳兰容若《采桑子·塞外咏雪花》

提到雪花，就会想起白居易的那首《问刘十九》："绿蚁新醅酒，红泥小火炉。晚来天欲雪，能饮一杯无？"白居易应该是喜欢雪的，因为在他的诗中，有一股浓浓的、温暖的友情氤氲在漫天飞舞的雪中。我喜欢雪，因为每看到纷飞的雪花，就会想起亲人温柔的笑靥。那种红泥小火炉般的暖意，会伴着你走过孤寂黑暗，让你的整个冬天不再寒冷。

白居易笔下的雪，是他被贬谪到江州时所作。南方的雪，有着南方的秀气，生活在黄海之滨的我，所见的雪花也应是南方秀气的那一种吧。塞外的雪，我从没见过，但从李白"燕山雪花大如席，片片吹落轩辕台"的诗句中可知，塞外的雪是何等的潇洒豪迈！

三百多年前，有一位多情的翩翩佳公子纳兰容若，他赞赏雪花"别有根芽，不是人间富贵花"。初次读到纳兰的这首《塞外咏雪花》，就被他这一句独特的比喻吸引，千古只有纳兰一人，才会这样赞誉雪花。

这首词是纳兰在康熙十七年十月，护驾北巡塞上时所作。在塞外容若看见大雪纷纷，姿态肆扬。塞外雪花缠绵壮烈的肆意，在容若的内心于刹那间光芒交触，完成一次深入邂逅。

"非关癖爱轻模样，冷处偏佳。"雪花居无定所，洋洋洒洒随风飘落。春天，百花争艳时，你见不到它的影子，只有在万物萧条的冬天，它才会在寒风中翩翩起舞。一般人不喜欢雪花的轻浮，而纳兰对雪花却情有独钟，他认为雪花别有根芽！

不是雪花生性轻浮，不是雪花与百花不合群，而是雪花性情高洁、纯净。它的根芽不在人间泥土，而是来自遥远的天上，它不是一朵生在凡尘，与牡丹、芍药为伍的富贵花。

这雪花多像性情纯真的纳兰呀！他一心向往山水林泉，渴望做一个风流倜傥的诗人词客，而他却偏偏出身于富贵之家；他一心想靠自己的才能建功立业，可康熙皇帝偏偏让他做自己的随身侍卫。他生于钟鸣鼎食之家，出入宫廷金銮，常伴君王之侧，这种生活在常人眼中也许令人羡慕，可对纳兰而言，却是一种无法言说的痛苦。如果雪花没有生在寒冷孤绝的天外，而是生在人见人羡的牡丹、芍药的富贵世界里，这对它而言，又怎算得是幸福？

纳兰不属于这个绚烂富贵的金粉世界，他的精神世界和他的生活境遇背道而驰；他的人生理想和他的职业无法统一。这样的生活对于纳兰，是一场早已注定的悲剧，是凭己之力极难摆脱的悲剧，而生活又不得不在这个错位的悲剧中继续下去，这便是一种凄凉入骨的无奈。

"谢娘别后谁能惜，飘泊天涯。"谢娘是晋代才女谢道韫，她以柳絮喻雪花，因一句"未若柳絮因风起"而闻名于世，可谓是雪花的知己。可是谢娘早已香消玉殒，如今再也没有人能够怜惜雪花了，雪花孤寂地漂泊天涯。

这里的"谢娘"也暗指纳兰的结发妻子卢氏。纳兰心中感慨，自从卢氏去世后，再也没有人能懂得自己，和自己一起"赌书消得泼茶香"；也没有人能怜惜自己，在秋风起时"谁念西风独自凉"。

纳兰与这个喧嚣的红尘格格不入，如今失去了卢氏这个灵魂知己，他又像一个孤独的游魂漂泊在人间，找不到心灵的归属。锦衣玉食的生活，这对纳兰而言，不是自己理想的归属，反而是一种束缚，所以他有天涯漂泊无所依的感觉。可这样的痛苦无奈，他不能说，也不敢讲，只能自己一个人憋在心里，默默承受。

"寒月悲笳，万里西风瀚海沙。"和雪花做伴的，有寒月，有悲笳，有西风，还有大漠的流沙。这一切苍凉的物象，组成了一幕悲壮的场景，密密地洒满了凄凉。自谢娘别后，雪花仍以不变的舞姿，飘洒在塞外，它可是在思念着千年前的知己谢娘？

容若在这荒凉的边塞，看到飞舞的雪花，不由思念起曾给自己的生命带来温暖和明媚的结发妻子卢氏。雪花在寒冷的塞外，找到自己生命的天堂，容若可曾在注定的那个金粉世家里，找到了自己灵魂的归属？

就这样，容若在矛盾中痛苦地忍耐着。他厌倦上层社会的虚伪，痛恨官场的尔虞我诈，可自己的父亲却在结党营私、卖官鬻爵。他反感父亲的所作所为，却又不得不尽为人子的孝义。他一心向往江湖，想做一名落落狂生，命运却安排他出入宫廷；他一心想凭自己的文韬武略，为国建功，却被皇帝安排做一名随时待命的侍卫。

他一边要陪康熙巡游打猎，一边还要随时与康熙吟诗赋对。他明白，御前侍卫的荣衔只是御座前的花瓶。皇帝只需要他做一个锦上添花、盛世才俊的标本，为天下男子做做样子，不需要成为一个实干家。他所有的才华派不上用场，壮志蜷曲难伸。因此他将自己的苦闷写信给朋友顾贞观说，不愿意做东方朔那样的弄臣，愿意做贺知章那样的狂客。

其实，康熙皇帝是钟爱这个小自己八个月的表弟纳兰的，所以他没有安排纳兰去翰林院，也没有安排纳兰去做地方官，而是安排他做自己的贴身侍卫。御前侍卫官阶高、俸禄丰厚，还能随时得到皇帝的赏赐，实在是旁人眼中的美差。事实上，康熙没少嘉奖纳兰，每次巡游都指名纳兰陪同。因此，纳兰的工作是繁忙的，他鞍马劳顿，拉弓射箭，还要著书立说，填词赋诗。

纳兰作为皇帝身边的红人，令众人羡慕不已，可这样的生活过得越是长久，纳兰越是觉得郁闷难当。他明白，自己在皇帝身边，看似站着，其实始终是跪着。难道一个男人对另一个男人的赏赐就是恩宠？在纳兰的眼里，有什么比自由更珍贵呢？卢氏活着的时候，她给予了纳兰情感上的慰藉，让纳兰的灵魂找到了归属感。她死后，纳兰的心又一次掉进冰谷，灵魂又开始了流浪，他只能在自己清澈的小令里,抒写着最纯真的情。

纳兰就是那别有根芽的纯净雪花,他出身富贵,却不是一朵人间富贵花。雪花清冷矜贵,而人却做不到,即使心上别有根芽,也必须把自己伪装成世人接受的富贵花。所以纳兰感慨:"我是人间惆怅客,知君何事泪纵横。"

轻轻翻过这一页篇章,却是已翻过三百多年的历史。重读纳兰这些温润的词句,仿佛看见这样一幕场景:在茫茫的边塞大漠,纳兰仰望苍穹,迎风捧接片片雪花,雪花落满他的双肩,他那双迎着雪花的双眸,冰雪明亮。

一尺华丽,三寸忧伤,雪花在白居易眼中是浓浓的友情,在纳兰眼中却是"不是人间富贵花"!

今古河山无定据

今古河山无定据。画角声中，牧马频来去。满目荒凉谁可语？西风吹老丹枫树。

从前幽怨应无数。铁马金戈，青冢黄昏路。一往情深深几许，深山夕照深秋雨。

——纳兰容若《蝶恋花·出塞》

都说我们容若的诗词只有儿女情长，然而这阕词，却尽显了他的男儿豪情。自从豪放与婉约被人们当成划分词风的标志后，除了苏轼、辛弃疾等人，能将豪放之情寄寓在婉约之形中的，也只有纳兰容若了。因此，王国维赞誉他是"北宋以来，一人而已"。

"今古河山无定据"，第一句就显示出纳兰的见识不同寻常。他似一位高深的哲人，站在历史的至高点，冷眼指点江山。自古以来，权力纷争不已。江山易主，朝代更替无常，这是无法改变的历史发展必然规律。这句话既是纳兰的感叹，同时也隐含他的忧虑。也许有朝一日，大清政权也会在历史的滚滚车轮中，沦为旧朝过去。纳兰作为天子近臣，他有远大的报国壮志和拳拳的爱国之心，但是他显然不希望这样的抱负通过战争流血来实现。因此，纳兰的内心充满了迷茫和痛苦。

康熙早年登基时，满清政权并不稳固。内有顾命大臣鳌拜虎视眈眈、平西王吴三桂随时会谋反、台湾郑氏政权企图反清复明；外有四方夷狄骚扰边境，特别是北方草原葛尔丹部落大有侵犯中原之意。这些都构成了少年天子的心腹大患。但康熙大帝是历史上屈指可数的有作为的皇帝，他平三藩、擒鳌拜，为康乾盛世奠定了坚实的政治、经济基础。

纳兰和康熙同龄，作为康熙皇帝最钟爱的贴身侍卫，每逢康熙外巡，纳兰必跟随左右。因此，这一次，康熙又一次巡查北方边境，纳兰随行。他目睹了战前的精密部署，亲身感受了战前的紧张气氛，所以，他说"画角声中，牧马频来去"。

画角是古代的一种乐器，一般在黎明和黄昏之时吹奏，相当于出操和休息的信号，发音哀厉高亢，古代军中常用来警报昏晓、振奋士气。在画角高亢、凄厉的吹奏声中，许多战马被牵着来回走着，进入战备状态。这一句纳兰用白描的手法，勾勒出一幅塞外紧张、苍凉的战备图。

纳兰的心中既有报效国家的雄心壮志，又不愿意看到战争流血，牺牲无辜。可是，历代江山政权都是建立在无数人的性命的基础上的，正所谓"一将功成万骨枯""兴，百姓苦；亡，百姓苦"。纳兰知道，战争一触即发，所面对的必定是众多无辜生命的牺牲。战争是残酷的，他内心极不愿看到流血场面，但形势逼迫他不得不面对。

草原大漠，北疆的丹枫树在呼啸的西风中哀鸣，曾经的满树绿叶在怒吼的风中逐渐衰老枯萎，现在只得落寞地随风狂舞，无奈地诉说着一树的凄凉。看着眼前荒凉萧瑟的情景，纳兰内心的矛盾和痛苦无处诉说，也无法诉说，他只能在内心深处叹息一声，"满目荒凉谁可语？西风吹老丹枫树"。

"从前幽怨应无数。铁马金戈，青冢黄昏路。"铁马金戈指的是战争。青冢是汉代王昭君的坟墓，在今天呼和浩特市的市郊。纳兰随同康熙北巡，路过昭君墓，心生感慨。当年王昭君因拒绝画师毛延寿的勒索，纵然有落雁之绝世容颜，也不得见君王之面。

后世戎昱说："汉家青史上，计拙是和亲。社稷依明主，安危托妇人。岂能将玉貌，便拟净胡尘。地下千年骨，谁为辅佐臣。"为保国家安危，王昭君深明大义，甘愿出使匈奴和亲。如果不是眼前身后逼仄到无路可退，谁愿意带着未完成的爱情将自己放逐到万里之外？人们都说塞外苦寒，匈奴人彪悍。可是，与其在荒茫无尽的等待中终老一生，还不如远走他乡，轰轰烈烈为国为民做一番事业。

她不仅是绝色倾城，而且没有寻常女子的软弱拖沓。她绝顶聪明，勇敢有主见。这样一个清寒孤傲的少女，有着超越一般人的坚定果敢，上天亦赋予她机会和能力，她纵身扑入，因此成功，所以名垂青史。

因为不肯向画师毛延寿的卑劣屈服，她只能在深宫中一年又一年，做毫无希望的等待。在漫长的等待中，她的内心没有幽怨吗？应该有，除了怨毛延寿的卑鄙，也许还有对汉元帝的幽怨。只是她的倔强，令她硬生生地将这股幽怨憋在心底。

大殿之上，她朝他跪谢拜别，然而，自大殿一别，从此幽怨更多的应该是汉元帝。即使他怒杀毛延寿，也无法改变他与昭君有情无缘的事实。他为她从此六宫粉黛无颜色；而她却为他，用自己的毕生心血擎起汉家江山。

自古以来，一向对女人挑剔的文人，都愿意在思想上将王昭君视为同类，她的境遇映照了那些命运多舛的士子。她拒绝给毛延寿贿赂，一如清高之士所标榜的气节："富贵只可直中取，不可曲中求"；她以女儿身做出一番千秋赞叹的事业，以身许国，亦是读书人所称许的。

百般萧瑟，终于积聚力量绽放，昭君寄托了文人太多的理想。

只是这些为责任、理想所牵绊的男人们，是否真正地知道，昭君坟头的青草到底因何而盛，又因何而衰？不，他们不知道。王昭君用她的女儿之身，让另一个男人放弃称霸天下的念头，甘愿向大汉俯首称臣。她换来了两国六十余年的和平，尽管这样的和平是短暂的，但她功在千秋！

王昭君用她的一生，做了两国和平的使者，她的内心所期待的是两国长久的和平相处，百姓能安享太平。然而，自她死后，后世又为逐鹿中原而掀起战争。人们都以为，昭君是与汉元帝的有情无缘而幽怨，为无奈远嫁匈奴而幽怨，为自己毕生不能回归故土而幽怨。谁又能知道，昭君内心更深的幽怨是，她耗尽一生心力却不能唤醒后人对权力的执迷、对战争的狂热。

"一往情深深几许,深山夕照深秋雨。"纳兰是王昭君的隔世知音,容若问她"一往情深深几许"。千年以来,能懂王昭君幽怨的只有纳兰一人。在残阳、秋雨、寂静的深山中,我们听得见容若内心深处的那一声深长的太息!此句,纳兰成功地将豪情、柔情,还有些许凄凉和失落糅合在一起,使人回味无穷。这也是多情公子容若悲天悯人情怀的体现。

不同于历代词家,容若此词思想意境远远超越了他们,并且更熨贴昭君本心。贵族出身的容若,并非是一个吟风弄月的富贵闲人,他更有一股男儿的报国热情和悲天悯人的慈悲胸怀,也许这就是无数人为纳兰倾倒的原因吧。

只是,纳兰能懂昭君,谁又能真正懂纳兰?

千古纳兰心事几人知!

长相思

山一程,水一程,
身向榆关那畔行,
夜深千帐灯。
风一更,雪一更,
聒碎乡心梦不成,
故园无此声。

——纳兰容若《长相思》

自古以来,最善言相思的当数李白,他在《长相思》中写道:"长相思,在长安……天长路远魂飞苦,梦魂不到关山难。长相思,摧心肝。"他的《秋风词》中还写道:"相思相见知何日?此时此夜难为情。"

情知不同的人有不同的相思,但相思的滋味却是相同。后世善言相思,能摧人心肝的要数纳兰容若。每当想起他的这首《长相思》,眼前就会浮现这样的场景:在一个风雪交加的塞外夜晚,马头琴伴着风雪声在呜咽,众多营房的灯火在闪耀,如同天河洒落草原的繁星;营帐内,年轻的容若紧蹙眉头,在伏案凝神思乡。

康熙二十年,三藩之乱平定,翌年三月,康熙皇帝出山海关至盛京告祭祖陵,纳兰容若扈从。纳兰由京城(北京)赴关外盛京(沈阳),出关时冰雪未消,对于生于关内、长于京城的容若而言,关外的一切都是那么荒凉、那么寂寞，于是不由得思念起北京什刹海后海的家，就填下这首《长相思》。

"山一程，水一程"写出了旅途的艰难曲折，漫长遥远。可想而知，容若和康熙的大队人马，要冒着风雪翻山越岭，跋山涉水，翻越山海关才能到达沈阳。一路上人马困顿，餐风露宿，走了一程又一程，身体离家越来越遥远，而人的心，却随着距离的拉远，越发思念家中的亲人。

"身向榆关那畔行"告诉我们行军的方向。榆关指的是山海关。皇帝的銮驾和一群人马，行色匆匆，浩浩荡荡地向山海关行进，直奔沈阳。纳兰在这里强调的是"身"向榆关，暗示出"心"向京师，它使我们想到词人留恋家园，频频回首，步履蹒跚的情况。"那畔"一词颇含疏远的感情色彩，表现了词人这次奉命出行"榆关"是无可奈何的。

纳兰出身显赫，二十几岁风华正茂，又是皇帝身边宠信的近臣，按理说有这样令人艳羡的出身和职位，应该春风得意、踌躇满志才是。可恰好是这样的身份和处境，加上自身心思慎微的性格，导致纳兰不能够享受男儿征战似的生活。皇帝给他的嘉奖越多，他的内心就越排斥、越不快乐，心灵的负担也就越沉重。因此，在这样的境地里，纳兰就显得格外孤独寂寞，常常会情不自禁地思念故土和家人。

"夜深千帐灯"用白描的手法，描绘了夜晚宿营于旷野的壮丽情景：苍莽的天幕下，漆黑的旷野上，一座座营房灯火闪烁，就像满天的繁星在闪耀，映照着夜不能眠的人。"千帐灯"是虚写，写出了巡行随从的众多，表现了皇家仪仗阵容的豪华与气派。为什么夜深了，而仍然营火闪烁呢？这就为下片的"乡心"作铺垫。

"风一更，雪一更"突出了塞外席地狂风、铺天暴雪，杂错交替扑打着帐篷的情况。李白曾形容塞外雪花"大如席"，可想而知塞外的风雪是多么的猛烈。词中的"一更"二字重复出现，更是让人感受到暴风雪彻夜未停的苦寒。塞外如此荒凉，这怎能不使人发出哀怨之言："聒碎乡心梦不成，故园无此声。"

越是夜深人静，越是想家，更何况还是这塞外"风一更，雪一更"的天气？风雪交加之夜，在家中可以和亲人红泥小火炉，还可以和亲人赌书泼茶、饮酒赋诗作乐。在家里，再冷的天气，可以有亲人的温情用来驱寒，可远在塞外宿营，夜深人静，风雪弥漫，一个人寂寞地独守营帐，心情怎能不和这帐外风雪一样寂寥惆怅？关山路远，衷肠难诉，辗转反侧，夜不成眠。

本想能做一个梦回家乡的美梦，偏偏帐外风雪呼啸刺人耳膜，聒噪得让人心烦意乱，最后连做个美梦的愿望都实现不了，怎能不惆怅满怀？"故园无此声"，当真容若的家乡北京就不刮风下雪吗？不，应该是有风雪的，只不过人在家乡可以和亲人在一起，家的温暖可以抵御一切风雪寒冷，再恶劣的天气也不会觉得难熬，所以也就不会注意到窗外的风雪声，因此纳兰说"故园无此声"。

"聒碎乡心梦不成"与前面的"夜深千帐灯"相呼应，直接回答了深夜不寐的原因。"聒"字用得很传神，写出了风狂雪骤的气势，表现了词人对狂风暴雪极为厌恶的情感，"聒碎乡心梦不成"的慧心妙语可谓是水到渠成。

纳兰容若的老师徐乾学说他的词"清新隽秀，自然超逸"，况周颐说他的词"纯任性灵，纤尘不染"（《蕙风词话》），这都指出了纳兰词的一个鲜明的特征：真——情真景真，意境天成。这首小令充分体现了这一特点，它以壮观的塞外景象来渲染柔婉的乡思意绪，情意隽永；以白描手法绘景，造语朴素，自然真切。王国维称赞纳兰是"北宋以来，一人而已"，一点也不为过。

也许此时此夜的纳兰，也和当年的李白一样，正"天长路远魂飞苦，梦魂不到关山难"。只不过，李白思念长安是为了自己的政治理想和抱负，而纳兰思念北京，是对故土的深深留恋和对亲人的依依眷念。

甚是羡慕容若的亲人，能与容若为亲、为友实乃三生有幸。在那样的年代，男子三妻四妾，频繁出入章台路的情景屡见不鲜，更不要说出差在外，能如此思念家人。我们的容若，虽出身于富贵之家，但他却有一颗出尘不染的心，真情真性，重情重义。作为容若的亲人，能得他如此厚重的情义，夫复何求？

愿得一人心，白首不分离。世间如此情义男子当是容若，也唯有容若。

相思相见知何日？此时此夜难为情！

容若，我知你。

容若，我懂你。

长相思，摧心肝！

古今幽恨几时平

身向云山那畔行。
北风吹断马嘶声。
深秋远塞若为情。

一抹晚烟荒戍垒，
半竿斜日旧关城。
古今幽恨几时平。

——纳兰容若《浣溪沙》

读塞外诗，莫过于唐诗的苍莽豪迈，酣畅淋漓。如王维笔下的"大漠孤烟直，长河落日圆"，王昌龄的"黄沙百战穿金甲，不破楼兰终不还"，李贺的"大漠沙如雪，燕山月似钩"。后世作品之中，除了范仲淹的《渔家傲·秋思》能与之相媲美，再者就要数纳兰容若的塞外词了。这首《浣溪沙》就是纳兰奉旨出使梭伦时，一路所见情景描写。

康熙二十一年（1682年）八月，纳兰受命与副都统郎谈等出使索伦打虎山，十二月还京。索伦在哪？有人说在我国东北，也有人说在我国西北，我个人偏向于西北方位。

康熙派纳兰出使梭伦的目的是什么？是为他征服北方的葛尔丹做准备。当时，康熙忙着擒鳌拜、平三藩，北方大漠的准葛尔部经常乘虚骚扰边境。康熙为了稳住葛尔丹，不得不用和亲的办法，获取边境暂时的清宁。

康熙平定了三藩叛乱后，开始着手处理北边边疆问题。纳兰此次出使索伦目的是有所宣抚，要对索伦少数民族部落传达康熙的旨意。西北要对抗准葛尔部，康熙先是和平宣抚，不成功再考虑用武力。这次纳兰去是宣抚他们，探探虚实，并且随机应变，做了文武两手准备。

"身向云山那畔行"，起句点明此行之目的地，很容易让人想起纳兰的《长相思》，"山一程，水一程。身向榆关那畔行"。纳兰一行人，一路不辞辛苦，马不停蹄地奔赴关外，行色如此匆匆，是有要事在身。从小生长在繁华京城的纳兰，一路所见又是怎样的景色呢？

"北风吹断马嘶声"，一个"断"字如神来之笔，什么样的风能把声音吹断？每到冬天，西伯利亚寒流来的时候，北方人都有这样的体会，常常被西北风刮着跑，人与人面对面说话都听不见。由这个"断"字，可见风的猛烈强劲。可以想象，在凛冽呼啸的北风中，战马嘶鸣，人马困顿，四周一片萧瑟荒凉。在这样遥远的边塞，人行走在其中，会是什么样的心情呢？可想而知。难怪纳兰发出这样的感慨："深秋远塞若为情。"

"一抹晚烟荒戍垒，半竿斜日旧关城。"塞外苦寒，最荒凉莫过于黄昏时分。太阳就要下山了，它似乎被风沙吹得昏昏欲睡，无精打采地挂在天边。城门就要关闭了，守城的士兵们点起了示警的狼烟，一切进入警备状态。"荒戍垒""旧关城"点明了边关士兵们生活环境艰苦，却又随时警觉不忘自己的使命。

纳兰只是奉命出使塞外而已，眼前的情景让他倍感荒凉，而那些被贬谪长期流放在这里的人，或者常年戍守边关的士卒们，又会是怎样的感想呢？范仲淹在《渔家傲》中写道："千嶂里，长烟落日孤城闭。"范仲淹是江南人，五十多岁时还戍守边关，当他每天面对层峦叠嶂的崇山峻岭，遥想故乡时会是什么样的心情？常年戍守边关，怎能不思念家乡，但范仲淹却说"燕然未勒归无计"，如果不打退敌人的侵犯，不立功，他是宁可"将军白发征夫泪"，也绝不班师回朝。

范仲淹是"居庙堂之高，则忧其民；处江湖之远，则忧其君"，可是，当年他曾经守卫过的边关，却几易其主。万里长城万里长，不见当年秦始皇。谁又能想到，当年秦国，多少代君王历尽艰辛创立的所向披靡的强大帝国，会在顷刻间土崩瓦解？对此，纳兰在词《一络索》中评价："看来费尽祖龙心，毕竟为、谁家筑。"

今古河山无定据，山河易改，朝代更替，历史的车轮，从未因为哪个人而停止过前进。尽管历史是这样循环书写着朝代兴亡，但从没能磨灭过男人们逐鹿中原、碧血黄沙的冲天干云之志向。为此，纳兰眼见塞外情景，发出"古今幽恨几时平"的感叹。

这首词抒发了纳兰奉旨出塞，一路所见的凄惘之情。全篇除结句外，皆出之以景语，描绘了深秋远寒、荒烟落照的凄凉之景。而景中又无处不含悠悠苍凉的今昔之感，可谓景情交融。最后"古今幽恨几时平"则点明主旨。

纳兰这次出使归来后，康熙对准葛尔部态度发生了巨大变化，之前是姑息，现在是变得强硬起来，康熙二十四年，处死了准葛尔部在北京的使臣。反过来，康熙对待索伦的态度却是宽容的，甚至允许他们到黄河附近游牧。这就说明纳兰宣抚的使命成功完成了，这些部落诚心准备归顺清朝廷，孤立了准葛尔部。

两年后，索伦派使团来清朝朝贡。安抚好准葛尔部周围的少数民族后，康熙大胆地对葛尔丹进行反击，御驾亲征。康熙大胜葛尔丹，从此西北无忧。从纳兰出色完成任务可以看出，纳兰有着非同寻常的政治军事才能。康熙慧眼识人，没有派他人，而是派了纳兰去，可以看出康熙对纳兰的信任非同一般。

倘若，纳兰能活得久一些；倘若，康熙能将纳兰放到他喜欢的岗位上去，给他自由发展的空间，也许纳兰在政治上，也能做出一番惊天动地的业绩。从"古今幽恨几时平"中可以看出，纳兰的见解非同寻常，只可惜，御前侍卫的身份束缚了他。这样的身份，只能让他侍奉康熙鞍前马后，与他吟诗对赋，所以，在这个岗位上，康熙越是奖赏他，他的精神越是苦闷。

也许是因为父亲明珠的权势太大，康熙要掣肘纳兰家族势力；也许康熙只是真的很欣赏纳兰，想把他放在身边，所以没有安排纳兰另外的实职岗位，而是安排他做御前侍卫。虽然纳兰出身高门，却不能做自己喜欢的事业，爱情、婚姻又很失意，所以纳兰词流露出的多是愁闷忧郁的情绪。

因此，纳兰这首塞外词和唐朝塞外诗相比，没有"万里长征人未还"的悲壮，而是多了一分出塞远行的清苦和古今幽恨。和范仲淹的《渔家傲》相比，没有戍边士卒万里怀乡的慨叹，而是多了一分对浩渺宇宙、纷繁人生，以及无常世事的独特感悟。虽可能囿于一己，然而其情不胜真诚，其感不胜真挚。

第二卷
一生一代一双人

一半残阳下小楼

一半残阳下小楼，
朱帘斜控软金钩。
侍闲无绪不能愁。

有个盈盈骑马过，
薄妆浅黛亦风流。
见人羞怯却回头。

——纳兰容若《浣溪沙》

纳兰从没有正面描绘过他的初恋情人表妹，一来是不便言说，二来是不可言说。尽管如此，我们从纳兰的一阕清词中，仍可感受到表妹曼妙灵动的美。

那一天黄昏时分，残阳如酒，落日的余晖宛若丝薄的锦缎，铺洒在小楼的栏杆上。小楼内，做了一天功课的纳兰觉得有些乏了。他抬眼向外望去，珠帘斜挂在软金钩上，似乎它也像主人一样慵懒缱绻。

或许是文人骨子里流淌着的感伤，看到夕阳正浓，纳兰的心中弥漫着一股惆怅。他凭栏而立，沐浴在清觞一般的夕照之下，觉得这波光碎影的流年，是这般的了无生趣。

正在他出神发呆时，眼前忽然闯进一个明媚的身影——有个青春美妙的少女正打马经过。在高贵的相府，有哪个女子能擅自骑马闯入？只有相府中人才有这样的特权。是丫鬟？丫鬟不可能可以这样的自由。是纳兰的姐妹？纳兰对姐妹不可能有这样的情愫。那只能是与纳兰青梅竹马的表妹。

纳兰和表妹的爱情可以说是贾宝玉和林黛玉的现实原型，表妹自小就在纳兰府长大，与纳兰情投意合，两小无猜。纳兰是个温润如玉的谦谦君子，他的恋人定然也是绝代佳人。从纳兰的一句"有个盈盈骑马过"中可知，表妹是有多么秀色可餐。

《古诗十九首》中写道："青青河畔草，郁郁园中柳。盈盈楼上女，皎皎当窗牖。娥娥红粉妆，纤纤出素手。"诗中最灼人眼球的莫过于"盈盈"二字，似乎这两字占尽了世间女子的所有美好。纳兰用"盈盈"形容表妹，可见表妹在他的眼中就是绝世无双的美人。

游牧民族都善骑射，纳兰是旗人，旗人中即便是女子也能跨马奔驰。"盈盈"二字可见纳兰表妹的婀娜多姿，美目流盼，那么一身戎装骑在骏马上的她，一定有着汉族女子没有的飒爽英姿。妩媚中有清朗，娇羞中有豪迈。

这样的一个女子怎能不让人眼前一亮？她的出现似乎让黯然的夕阳又增添了一抹生气。她像一股春风吹进了纳兰的心扉，让原本百无聊赖的纳兰，心中荡漾起一湖春水。

世间有一种美叫"淡妆浓抹总相宜"，也就是纳兰笔下的"薄妆浅黛亦风流"。当年在西子湖畔，王朝云无论是艳妆还是素颜都是那样的清丽可人，惹得苏子情不自禁为她驻足赞叹。而今天，有一个女子，风韵不减当年的王朝云。她清新如春天里的一片嫩绿，又似一朵开得正欢的粉红,那一抹清淡的妆容难掩她由内到外散发出的风流韵致。

在她出现在人眼帘的刹那,似乎风帘动,有暗香盈袖;而光阴也似乎停止了流逝,为她陶醉,为她倾倒!

纳兰看呆了。

望着楼上的痴呆人,表妹不由得害羞地朝他回眸一笑。"巧笑倩兮,美目盼兮",目光流转处,流溢的是满满的温柔。

想起李易安那一首《点绛唇》:

蹴罢秋千,起来慵整纤纤手。露浓花瘦,薄汗轻衣透。
见客入来,袜刬金钗溜。和羞走,倚门回首,却把青梅嗅。

——宋·李清照《点绛唇》

花影瘦,露华浓,青梅一般的羞,可是你眼眸里那一缕握不住的似水柔情?徐志摩说:"最是那一低头的温柔,像一朵水莲花不胜凉风的娇羞。"表妹,你可知,你那不经意的羞怯回眸,让你多情的冬郎表哥迷了双眼,醉了心田。他用他的绝世才情甜蜜地记录下,那个令他心动的春日黄昏的刹那,在那个香醇忧甜的美丽镜头里,有一个如青梅、如水莲的她,羞涩地从他的小楼下,打马路过。

时光过去三百多年了,那个美丽的黄昏、那个羞涩的容颜,被温柔地定格在一阕清词里,似乎连这三百多年的光阴也被温柔地染上了一抹温暖的黄晕。我知道,这份柔情永远不会随着时光的流逝而淡薄,无论何时,只要你再读起这阕词,心就会被一股温馨和甜美笼罩。

纳兰词大多凄婉忧伤，这阕词是纳兰为数不多的、色彩较明丽的词之一。由此可见，在纳兰的情感世界里也有甜蜜，只是这甜蜜太少、太少了。

生活中甜蜜总是少数，为了一份甜蜜，我们可能要付出十份的泪水，但没有人会因为泪水多于甜蜜而放弃对美好的追求。甜蜜短暂，却让人念念难忘，就算用尽一生的时间，也学不会遗忘。纳兰为了他短暂的甜蜜付出了全部的心血和等待。

如果命运没有捉弄于人，没有让纳兰的表妹进宫，或许纳兰和表妹会才子伴佳人，相得益彰。或许，年少的他们也曾以为相爱的人就能到永远，当我们相信情到深处在一起时，殊不知有一种叫"无常"的东西，会将你希冀的美好，打碎得七零八落。

有人说，如果知道是无言的结局，那么还不如当初不相遇。可是生活就是一个五味瓶，酸甜苦辣咸皆呈，如果没有当初的相遇，又怎知甜的滋味？如果没有甜蜜后的分离，又怎知无奈的酸苦？人世间有很多爱恋只能遥遥相望，就像月光洒向海面，我们所能做的，就是将当初的甜蜜美好，永远安放在思念的深处。

在整卷纳兰词中，如海的忧伤和惆怅能将人淹没，像这阕《浣溪沙》轻快明丽的小令，恰如海上升起的一轮明月，可以将人的心照亮。当你望见月亮，就会想起思念深处的那人，那溶溶月色就像她的脸庞，抚慰你的心。尽管一个在天涯，一个在海角，可月亮再高也高不过天；你走得多么远，也走不出我的思念。

须莫及、落花时

夕阳谁唤下楼梯，一握香荑。
回头忍笑阶前立，总无语，也依依。
笺书直恁无凭据，休说相思。
劝伊好向红窗醉，须莫及、落花时。

——纳兰容若《落花时》

纳兰词多是感伤的，翻开这首《落花时》，心中不由漾起明媚的笑意。这样甜蜜的爱恋，谁不留恋向往？难怪纳兰至死难忘这份情。对纳兰的初恋，后人猜测颇多，不知道是一个什么样的女子，能让纳兰这个才华横溢的翩翩佳公子如此魂牵梦萦。是黛玉那样的倾国倾城之貌，还是晴雯那样的心比天高？从词中可以猜测到，这个女子既有黛玉那样的花容月貌、咏絮之才，又有晴雯那样的调皮俏丽、冰雪高洁。

"夕阳谁唤下楼梯，一握香荑。"这一句已将一个带着盈盈笑意的含羞女子，袅娜在纸间。晚霞铺满了整个西天，夕阳的余晖将雕花的楼阁，浚染成多彩的金色，若海市蜃楼般梦幻。纳兰在楼下急切地呼唤她的名字。听到恋人的呼唤，她抑制不住内心的喜悦，如春花般娇嫩的脸庞，荡漾着甜蜜的笑意。她袅袅婷婷地出现在纳兰眼前，像荑草刚出芽般柔嫩的手指，轻抚栏杆，莲步轻移，款款下楼来。

"一握香荑"，则让人想起诗经《硕人》中描写庄姜之美的句子：手如柔荑。她袅娜的倩影，则让人想起《古诗十九首》中的那位"盈盈楼上女"。看来，纳兰的恋人，也是一个和庄姜一样美的女子，至少在纳兰的眼里是这样的。

有人说纳兰的初恋情人是他的丫鬟，也有的说是他的表妹。对这段夭折的恋情，纳兰痛心疾首，为此写了很多首词怀念，表达得都很隐晦，但从中还是可以推测到初恋情人是他的表妹。

纳兰在《虞美人》中写道："绿荫帘外梧桐影，玉虎牵金井。"古语有云：凤凰非梧桐不栖。玉虎金井，极尽巴洛克式的奢华。此句暗指纳兰日思夜想的人，已栖息于梧桐枝上，她的命运犹如看似华美的辘轳，被紧紧牵于皇家金井之上。纳兰是个率真之人，所写词作皆情感纯真明了，能让他做这样的隐晦叹息，除了他进宫为妃的表妹还能有谁？在这首词中，从女子的举止神态来看，应该是出身大家的千金小姐，而非丫鬟。

"回头忍笑阶前立，总无语，也依依。"听到纳兰的喊声，她笑意盈盈地下楼来，却又忽然忍住笑意，转身站在台阶上，一言不发，叫人摸不着头脑。纳兰上前轻拉她的胳膊，她扭身不睬，如此矜持似乎是生了纳兰的气。

纳兰猜不透她缘何不高兴，一时间又不知道怎样哄她开心，急得团团转。看到纳兰着急的样子，她终于开了金口："笺书直恁无凭据，休说相思。"原来是纳兰约她黄昏见面，却不守约定，错过了约会时辰，害得她焦急地等了很长时间。

读到此处不禁哑然失笑，想起了诗经《子衿》中的郑女，为等待心上人在城头焦急徘徊的样子："挑兮达兮，在城阙兮。一日不见，如三月兮。"想来，纳兰的情人也一定没少翘首遥望，徘徊不安。她一定为他的迟到，编想了若干个理由，却又担心牵挂他会不会遇到什么麻烦事儿。因此，她的整个黄昏是在焦虑、忐忑不安中度过的，直到见到纳兰出现在她眼前。

她责怪纳兰：你在书信中定下的约期，让我苦等，自己却迟到，你这样不珍惜我们相聚的机会，以后就不要再说想念我了！穿越岁月的长河，三千年前，诗经《褰裳》中的野蛮女友，也这样对自己迟到的情人跺脚根道：子不我思，岂无他人。这样的话也只是女子的一时气话，所以，面对被骂得垂头丧气的男友，她又不忍心地柔声哄劝道：狂童之狂也且。意思是，你呀你呀，真是个小傻瓜！

而这首词中的女子，看到纳兰一副委屈的样子，也柔声对他说："劝伊好向红窗醉，须莫及、落花时。"春光太好，一定要珍惜啊，不要因为其他事情，而错过两个人相处的好时机。不然，等到花落时，就会后悔万分。言语之中大有"花开堪折直须折，莫待无花空折枝"的意思。女子心中的情感不言而喻，她爱纳兰，想和他长相厮守，希望他不要辜负了美好青春，辜负了人间风月。

看来，女子生气的不是纳兰失约迟到。因为她知道，旗人贵族男子，每天要研习汉文、满文、蒙文，还要学习骑马、拉弓、射箭，他们每天只有黄昏时才有自由活动时间。纳兰是个重情男子，他的失约一定是遇到了重要的事。他是当时名誉京城的大才子，正在编著一些儒家经典，也许是老师留他谈话了，也许是他的父亲明珠问他功课情况了，也许是遇到久未谋面的朋友了，总之，没有特殊情况，他是不会轻易失约的。

春光无限好，青春一天天地流逝，女子焦虑的不是纳兰是否会珍惜她，而是担心自己和纳兰的婚事，被不被家长认可。多少的卿卿我我，多少的你侬我侬，只是她和纳兰两个人的事儿。而在当时，父母之命媒妁之言，才能让他们的恋情堂堂正正在人前。她在担心，自己和纳兰的恋情怎样向父母表白？自己父母已过世，从小寄居在纳兰家长大，她和纳兰青梅竹马，两小无猜，这一切心事，没有人能为自己做主，所以，只能让纳兰向父母提出。她隐晦地说出"劝伊好向红窗醉，须莫及、落花时"，只是不知道，纳兰有没有懂得她的心事。

其实，在我读到"须莫及、落花时"这一句时，就有一种不祥的预感。在那个时代，纵然两个人的情感比天高、似海深，如果没有父母做主也是枉然。《红楼梦》中的黛玉与宝玉心意相通、情比金坚，却没有父母兄长为她做主婚事，所以她羡慕宝钗有母亲，有兄长。当薛姨妈玩笑要认她为女儿时，一贯忧愁的黛玉，难得地喜不自胜，以为薛姨妈能为她做主婚事。

黛玉因宝玉而死，宝玉因黛玉而病，说到底是因为情不能有所归。纳兰的表妹是个聪慧女子，她所忧虑的，最后终不幸成现实——她被选秀进宫，成了皇妃。也许，在普通人眼中，能被选为皇妃是无尽的荣华，但在纳兰表妹的眼中，则是一种厄运，因为她爱的是纳兰，而不是大纳兰八个月的皇帝康熙。她向纳兰哭诉，她不愿做皇妃，让他想办法两个人在一起。可是，十八岁的纳兰还只是个不能主宰自己命运的少年，面对皇权，他如何能抗拒得了？

纳兰痛苦地沉默不语，绝望中，表妹埋怨纳兰是负心汉、薄情郎。因此，纳兰在无尽的悔意中写下："人生若只如初见，何事秋风悲画扇。"清廷的选秀制度是："凡满族八旗人家年满十三岁至十六岁的女子，必须参加每三年一次的皇帝选秀女，选中者，留在宫里随侍皇帝成为嫔妃，或被赐给皇室子孙做福晋。未经参加选秀女者，不得嫁人。"

如此看来，纳兰和表妹的情缘，无论如何自己也无法主宰。但不管是什么样的结果，为真爱付出，就无怨无悔。

如果，遇到一份真情，就只管好好去珍惜，不问结果，不问未来，毕竟生命只有一次，遇到一份真情不易。宁愿犯错，也不要错过，切不可"须莫及、落花时"，就算命运捉弄不能在一起，想起某人如花的笑靥，心中也是春暖花开。

背立盈盈故作羞

背立盈盈故作羞,手捻梅蕊打肩头。
欲将离恨寻郎说,待得郎来恨却休。
云淡淡,水悠悠。一声横笛锁空楼。
何时共泛春溪月,断岸垂杨一叶舟。

——纳兰容若《鹧鸪天·离恨》

这首《鹧鸪天》应该是初恋留给纳兰的美好回忆。那时的纳兰,虽然还是个青春少年,可是学习很繁忙。满族贵族男子每天要研习汉文、满文、蒙文,还要学习骑马、拉弓、射箭,只有黄昏时才有自由活动时间。所以,纳兰和情人之间的约会也多在黄昏时候。

那时候的女子,只能在家做一些女红,不可以随意出门,尤其是贵族女子,她们的生活范围只有绣楼或者后花园。欧阳修笔下"庭院深深深几许,杨柳堆烟,帘幕无重数",冯延巳的《谒金门》中"闲引鸳鸯香径里,手捻红杏蕊。斗鸭阑干独倚,碧玉搔头斜坠",这些写的就是深宅大院中，贵族女子枯燥无聊的生活。养在深闺的杜丽娘，在《游园惊梦》中唱道："原来姹紫嫣红开遍，似这般都付与断井颓垣，良辰美景奈何天，赏心乐事谁家院。……则为你如花美眷，似水流年，是答儿闲寻遍。在幽闺自怜。"所以，对于纳兰的情人来说，一天中最快乐的时光，就是在黄昏和纳兰相会的时候。

　　词意很明显，纳兰约会又迟到了，所以他的情人故意对他"背立盈盈故作羞，手挼梅蕊打肩头"。她生气了，她每天盼星星盼月亮，就是为了等待相会的这一刻。在一起的快乐时光是那么的短暂，可是纳兰偏偏又迟到了，她怎能不生气呢？每到纳兰快要散学的时候，她总是不停地向窗外望去，希望看到纳兰熟悉的身影，向她飞奔而来。

　　想起那首曾经唱遍大街小巷的流行歌曲《卷珠帘》：

镌刻好/每道眉间心上/画间透过思量/……/相思蔓上心扉/她眷恋/梨花泪/静画红妆等谁归/空留伊人徐徐惆怅/……/卷珠帘/是为谁……

　　是啊，她一遍一遍地卷起珠帘，是为了谁？每卷一次珠帘，就失望一次，对于等待中的女子来说，这是一种怎样的折磨？她的内心早就思虑开来了：他今天是不是又遇到什么事儿了？会不会没时间来……在他们约会的地点，她不安地来回走着，手里搓揉着梅花。纳兰小字冬郎，出生的时候，梅花开得正艳，所以她喜欢梅，看见梅就像看见纳兰。

　　纳兰终于来了，她远远地就看见了，她故作生气给纳兰一个背影。皎洁的月光映照着她曼妙的身影。纳兰扳过她的肩头，想给她一个解释，可是她却不让他解释，把手中的梅花蕊都打在纳兰的肩头。在纳兰没来之前，她的心里就恨恨了好几回，等他来的时候一定好好向他诉诉相思之苦。"欲将离恨寻郎说，待得郎来恨却休"，可是等纳兰来到身边，她再也生不起气来，心里疼惜还来不及呢。她知道，纳兰在外读文习武很辛苦，也想早点来见她，只是很多时候身不由己。

其实，恋爱过的女子都有过这样的体验。你在等他回来，可是他总有事情羁绊，你等得坐立不安，心里直恨得想好好教训他。天黑了，他还没回来，焦虑一直煎熬着你的心。你的一颗心提到嗓子眼儿，怦怦跳着，之前的恨意全消了，你只担心他的安全，担心他是不是遇到什么不顺。等他出现在眼前时，惊喜会溢满心头，内心早就将先前的恨意抛到九霄云外。

"云淡淡，水悠悠。一声横笛锁空楼。"天上行云淡淡，不远处，水声潺潺，不知何人吹奏起的笛声，在寂寥的楼台上空盘旋萦绕。这样的情景更显得周围寂静清冷。她对纳兰说："何时共泛春溪月，断岸垂杨一叶舟。"什么时候我们才可以在这样的月色下，在溪上泛舟？有明月相照，有杨柳为伴，彻底忘掉一切的烦恼……

其实，这样的要求并不过分，爱情对于女子来说是她生活的全部，哪个女子不希望爱人能陪在身边，和自己共度良辰美景？情人间的温言细语，恋人的温存，都会化成绵绵春雨滋养女子的心，她会在爱情的浇灌下呈现出最美的芳华。

心中为纳兰这首词叫好，好在用白描的手法，将伊人的形貌神情表现得惟妙惟肖。他从女子角度落笔，写得情致活泼，数十字之间就将女子心波暗涌，情人间且亲且嗔的复杂心态写得清透。纳兰容若词风艳雅，格调清新，虽写情人幽会，却细致入骨，风流蕴藉处颇有北宋小令遗风，言辞殊丽，似月照清荷。

一代词后李清照也曾写过一首词，描写少女初次萌动的爱情：

蹴罢秋千，起来慵整纤纤手。露浓花瘦，薄汗轻衣透。
见客入来，袜划金钗溜。和羞走，倚门回首，却把青梅嗅。

那是一个初夏的早晨，花上的露水还没有干，少女在花园里荡秋千，一会儿身上出了一层薄汗。她停下秋千起身，这时，突然花园里闯进来一个陌生人。她感到惊诧，来不及整理衣装，急忙回避。闯进来的他是位举止不凡、风度潇洒的翩翩少年。她只好"和羞走"，然而，少女的好奇心让她停下脚步"倚门回首，却把青梅嗅"。她怕见又想见，害羞又不敢光大正明地去见这个男子，最后还是利用"嗅青梅"这一细节掩饰一下自己，以便偷偷地看他几眼。

据说，这个闯进来的男子就是赵明诚，这次邂逅，他俩一见倾心。上苍眷顾，一对有情人得以成眷属。李清照是幸福的，至少她的前半生和心仪的男子度过了一段"赌书消得泼茶香"的美好日子。不求永久，但求曾经拥有，这样的一段美好时光，便可以慰藉李清照惨淡的后半生。

和李清照相比，纳兰和他的情人则没有这样幸运，他们两情相悦却被迫劳燕分飞。一道厚厚的宫墙将他们分隔在两个世界，无法逾越。如果赵明诚留给李清照的是难忘的甜美回忆的话，那么，初恋留给纳兰的只有无法磨灭的伤痛。过去越是美好，伤痛就越深。

宿命的安排，谁也无法预料，既然无法预知未来，倒不如活在当下，珍惜当下。纳兰在另一首《落花时》中曾写道："劝伊好向红窗醉，须莫及、落花时。"是啊，花开堪折直须折，莫待无花空折枝。一段情，既然来了，就好好地用心去经营，又何必顾虑到外界的诸多牵绊与浮华？佛曰：和有情人，做喜欢事，别问是劫是缘。

年华似水流，往事不再回头，只要情真、意真，珍惜眼前人，不要辜负这人间风月。

肠断月明红豆蔻

枕函香,花径漏。依约相逢,絮语黄昏后。时节薄寒人病酒,刬地梨花,彻夜东风瘦。

掩银屏,垂翠袖。何处吹箫,脉脉情微逗。肠断月明红豆蔻,月似当时,人似当时否?

——纳兰容若《苏幕遮》

今年的秋是多雨的,秋风秋雨愁煞人,难得一见月亮的影子。今夜有月,皎洁似水,默默地倾泻下来。亘古以来,月亮以不变的姿态,冷眼观看着世间的悲欢离合。我知道,每当月亮升起时,它就会静静地讲故事,从地老说到天荒。于是,我安静地斜躺在落地窗前的躺椅上,听月。

夜未央,邻家有悠扬的二胡声荡漾在月色里,如泣如诉。此情此境,蓦然想起一句词:"月似当时,人似当时否?"这是纳兰容若《苏幕遮》中的一句词。

这首词是纳兰早期的作品,是写给他初恋情人的。纳兰的初恋情人，有人说是他的表妹，有人说是他身边的丫鬟。从纳兰词中分析，纳兰的恋人应该是个多才多艺的才女。古时，女子无才便是德，只有贵族女子才有机会学习琴棋书画，有多少丫鬟能有此才能？因此我觉得，应该是他的表妹可能性更大一些。纳兰出生贵族，才倾天下，他的表妹也一定浑身上下溢满书卷气，只有书香满怀的佳人，才配得上谦谦君子纳兰。

"枕函香，花径漏。"这一句告诉我们，那应该是个春天的夜晚。她为他用花瓣做成的枕头，还余香袅袅，并没有因为人的离去而忘记散发。那袅袅香气就像她含烟的双眸，时时提醒纳兰，不要忘记她曾经的温柔。月光倾洒在花园小径两旁的花朵上，漏出斑驳的光影。风是微醺的，雕花窗外的月色花影，摇曳着春意。纳兰睡不着，披衣起身，来到门外，想起与恋人的点点往事。

那时，白天纳兰和所有上进的满族男子一样，每日晨昏定会苦习拉弓骑射，研读汉文、满文、蒙文。一天的功课安排很紧，唯有黄昏时分才有空闲。"依约相逢，絮语黄昏后"，所以，他和她约定每日的黄昏见面。花前月下，你侬我侬，尽管他们说的都是平淡的家常话，没有什么缠绵的情语，可他们的心是叠印的，一切深情尽在一个眼神，乃至一举手一投足之中。

到底是年少不经事啊，年轻的他们以为只要两个人真心相爱，就可以长相厮守。年少的他们怎么会知道，人生有很多藩篱，就算你贵为相国公子也无可奈何。就在纳兰和表妹私下里谈婚论嫁时，表妹却被皇帝选中秀女进宫了。普天之下莫非王土，就算你贵为相国公子也大不过皇权。他们哭过，挣扎过，埋怨过，可一切除了顺从，还能有什么办法呢？

就这样，一生一代一双人被生生拆散了。一入宫门深似海，她成了康熙皇帝的嫔妃，从此生死两茫茫。所有的山盟海誓，所有的一往情深，都被残酷的现实击得粉碎。表妹走了，成了皇帝的女人，纵使心中有一万个舍不得，纳兰也只有拱手。纳兰的心被掏空了，从小就体弱的他，承受不住这样的打击，一病就是半年未起。

李清照说："乍暖还寒时候，最难将息。三杯两盏淡酒，怎敌他、晚来风急？"乍暖还寒的初春，大病未愈的纳兰身体极度虚弱，禁不住春寒。一夜东风，不是吹开百花，吹暖人心房，而是吹落了一地梨花。人们都说东风送暖，可是有时候，东风也很残酷。一树梨花，刚刚初放，还没来得及感受生命的灿烂，就被吹落成泥，永远也等不到它硕果累累的那一天。这多么像纳兰和表妹的爱情啊。

"时节薄寒人病酒，划地梨花，彻夜东风瘦。"一场刻骨铭心的爱恋落得夭折，纳兰痛彻心扉，所以那遍地落花，在他眼里就像表妹哭泣憔悴的面容。纳兰的心被表妹带走了，只有他们曾经的点滴往事执著地留下陪伴他。那些往事，时常像潮水一样袭击着纳兰脆弱的身心。

"掩银屏，垂翠袖。何处吹箫，脉脉情微逗。"他想起了也是这样的春夜，表妹在月下吹箫的倩影。月光照着她屋内的彩画屏风，像给屏风洒上一层银色。她侧身坐在屏风后面，低头吹箫，翠绿色的衣袖垂在胸前，月光将她袅娜的身姿，映照在屏风上，就像一幅美丽的剪影。

宛转悠扬的箫音，温柔地诉说着女子婉约的心事。窗外，春风微醮，它将女子淡淡的心事融化在起落的箫声里，弥漫在整个夜空，只有有缘人才听得懂其中的况味。豆蔻年华，情窦初开，一切是那么朦胧，又是那样的美好，然而，时光是再也回不到从前了。

香径两旁的豆蔻花，在月光下红艳似血，正无忧无虑地盛开，一如从前那般妖娆。纳兰月下独立花径，有一种伤心，从他的眉宇间流出来。花开花谢，花儿绝对不会错过季节，可人一旦错过，就不会再见。"肠断月明红豆蔻，月似当时，人似当时否？"今夜的月色一如当年，纳兰念念不忘那份旧情，他在感慨，年年岁岁花相似，岁岁年年人不同。只是，已贵为皇妃的她，有了皇帝的宠爱，是否还会思念自己？

"人生自是有情痴，此恨不关风与月。"触景生情是人常有的事。看到类似的场景，望见某个熟悉的背影，听见一首熟悉的旋律，就会想起曾经的人和事。就像每到中秋月圆，人们往往会不由地思念起他乡的亲人；就像纳兰，看到今夜的月色，听到今夜的箫音，想起曾经的表妹。

为了爱情，纳兰把心丢了，丢在了心上人身上。在此后很长一段时间内，他成了一个无心人。人没有了心，会死的。纳兰在那一段时间里，只剩下一副病弱的躯壳。因为那一场寒疾，纳兰沉疴在床，失去了实现理想的机遇——才华横溢的他因病未能参加殿试而错失良机。爱情和理想的失意，这样的双重打击，让年轻的纳兰几乎丧命。纳兰的理想是做一个自由独立的江湖文人，能凭借自己的实力，学而优则仕。然而，现实却将纳兰的理想击得粉碎。

都说男儿多薄幸，可在纳兰这里，我们分明看到的是一个情深似海的男子。痴情的纳兰，心被伤透，却始终无怨无悔。在表妹走后的日子里，他经常独自怅立，思忆往昔，写下许多感人肺腑的词篇。

女子常常幽怨男子薄情，其实，男子心中也有滔滔的情感，只是他不说而已。女子喜欢把思念向男人倾诉，男人选择把思念沉淀在心底；女子把爱的忧伤付诸眼泪，男子把爱的忧伤盛放在心里。就像纳兰，在某一个春夜里，独自对月伤心着自己的心事，向月反问"月似当时，人似当时否"？

一生一代一双人

一生一代一双人，争教两处销魂。
相思相望不相亲，天为谁春？

浆向蓝桥易乞，药成碧海难奔。
若容相访饮牛津，相对忘贫。

——纳兰容若《画堂春》

多年前，我是在梁羽生的武侠小说中认识纳兰容若的。已记不清是他的哪部小说，引用的是纳兰的哪首词，只依稀记得，在晚风瑟瑟的草原上，马头琴在呜咽着纳兰凄清的词曲，惹得冒浣莲一阵神游恍惚。那时，只知道，王国维赞许他是"北宋之后，一人而已"，梁启超也称赞他的词"直追李后主"。后来，了解了纳兰的生平，再读得这一句"一生一代一双人"，不禁为之泪奔。

首句"一生一代一双人，争教两处销魂"，是化用唐代骆宾王《代女道士王灵妃赠道士李荣》："相怜相念倍相亲，一生一代一双人。"此句经容若化用，反倒成了千古传诵的经典佳句。

"一生一代一双人",词的开头就点明,他和她本是天造地设的一对璧人。然而,这样的一对恋人却不能长相厮守,只能"争教两处销魂"。明明天造地设一双人,偏要分离两处,各自销魂神伤、相思相望。他们在思念中度日如年,他们在思念中憔悴年华。纵使冀北莺飞、江南草长、蓬山陆沉、瀚海扬波,都只是身外事物,关乎万千世人,唯独无关你我。

纳兰出生一品豪门贵族,父亲是权倾朝野的一代权相,有什么喜欢的东西他得不到呢?与之抗衡的只有皇权,只有皇权才是他无法逾越的障碍。由此可见,纳兰心中爱恋的人被困在壁垒森严的深宫中,只有在高深的宫墙之内,纳兰才无法触摸得到。

有人说纳兰的初恋情人是他的丫鬟,如果是丫鬟,又怎会有他们黄昏约会时"夕阳谁唤下楼梯,一握香荑";如果是丫鬟,就算他们不能结婚,纳兰总可以将她留在身边日日相见,也不会"争教两处销魂"。纳兰是才华横溢的翩翩佳公子,能打动他的心,除了要有温婉可亲的性格,更多的应该还要有不凡的才学,才能志趣相投。所以,纳兰的初恋情人是他的表妹可能性更大一些,因而,这首词也应该是为表妹而作。

"相思相望不相亲,天为谁春?"纳兰与表妹青梅竹马,曾私定婚约,然而,清廷万恶的选秀制度拆散了这对神仙眷侣。纳兰的表妹被选入宫为康熙皇妃。从此,一道宫墙如人间天河,阻隔了这对情深义笃的情侣,那种"依约相逢,絮语黄昏后"的美好时光,只能停留在记忆中了。对于一对恋人来说,有什么比"相思相望不相亲"更为残酷的呢?

宫门深似海啊，一入宫门形同死别。尽管纳兰是康熙的近臣，也不可能再看到表妹一眼。《红楼梦》中元春省亲，也是皇帝的特别眷顾，就连自己的父亲见女儿，也是隔着厚厚的帘子，更何况是别的男子？

相思成灾的纳兰，为了见表妹一面，他曾趁国丧期间，假扮喇嘛入宫，果然见到了朝思暮想的表妹。然而，彼此的相思种种，在两个人重逢时，千言万语只能尽在彼此深深的凝望中。不敢说，不能讲，不可以流露丝毫的不舍，这是一种怎样的痛啊！纳兰的心由隐忍，到挣扎，到愤懑，到最后迸发出"天为谁春"的控诉！

初恋的夭折，击垮了纳兰敏感脆弱的心。在表妹进宫后，他一病不起，屋漏偏逢连夜雨，为此他错过了实现人生理想的重要机遇——殿试。人生有四大喜：久旱逢甘霖，他乡遇故知，洞房花烛夜，金榜题名时。那么，人生的悲剧一定是与之相反的。少年纳兰还未经历人生的风雨，就连遭双重打击：爱情的失意，事业的失败。

纳兰用三个典故隐喻了自己。"浆向蓝桥易乞"，说的是裴航的一段故事：裴航在回京途中行到蓝桥驿，因口渴求水，偶遇一位名叫云英的女子，一见倾心。他以重金向云英的母亲求聘云英，云英的母亲给裴航出了一个难题："想娶我的女儿也可以，但你得给我找来一件叫做玉杵臼的宝贝。我这里有一些神仙灵药，非要玉杵臼才能捣得。"裴航历尽千辛万苦，终于找来了玉杵臼，又以玉杵臼捣药百日，这才得到云英母亲的应允。裴航娶得云英之后，二人双双成仙。

容若借用这个典故分明是说：像裴航那样的际遇于我而言并非什么难事。言下之意，如果恋人未嫁，两个人之间没有横隔着皇权，他们是容易结合的。蓝桥乞浆既属易事，那么容若的难事又是什么？

"药成碧海难奔"，这是嫦娥奔月的典故。嫦娥被逼吃得长生不老药，成了月宫中的月精。后羿与她相会遥遥无期，只能面对月宫无奈叹息。李商隐在诗中写道："嫦娥应悔偷灵药，碧海青天夜夜心。"纳兰用这个典故说明，恋人已经入宫为妃。深宫似海、咫尺天涯，面对皇权，自己与她再无机会结合。纵有海枯石烂之深情，也难与情人相见。

"若容相访饮牛津"说的是牛郎织女的故事。传说大海的尽头是天河，有一个人曾顺着茫茫大海向东漂流，无数天后，豁然见到城郭和屋舍，举目遥望，见女人们都在织布机前忙碌，却有一名男子在水滨饮牛，煞是显眼。他回来后，问当时的一个神算子严君平，才知道，那城郭屋舍，就是牛郎织女"金风玉露一相逢"，一年一期相会的地方。

纳兰在这里用牛郎织女的故事，寄托心中的期望。明明知道心中恋人可遇而不可求，可望而不可亲，被相思折磨得痛不欲生的他，幻想着哪怕能像牛郎织女那样结合，能在天河之滨相依相偎、相亲相爱，就算是放弃荣华富贵，过着贫苦的生活也心甘情愿！

问世间、情为何物，直教人生死相许！容若情深如此，已是为爱痴狂。一个身处富贵乡的多情公子，谁能想到，他连平常夫妻，正常的长相厮守都得不到呢？牛郎织女恩爱夫妻，一年只有一度相会，人们对他们的分离，给予了无尽的同情，可纳兰对他们连羡慕都来不及。在纳兰心里，只要能看到情人一眼，哪怕就那么远远地望一眼，能像牛郎织女一样，一年就见一次，纳兰也心满意足。

厚厚的宫墙，将他们隔成天各一方；沉重的宫门，将他们关在咫尺天涯。看不见她，摸不着她，纳兰的一颗痴心只能穿越过时光，将往事一件一件拾起，用泪水将之浸泡成泣血的文字，然后站在相思的荒原，低眉泣诉。

不知道他的情人在宫中的日子过得怎样，她可曾知道纳兰对她的牵挂？也许，纳兰冒死假扮喇嘛到后宫看望她，除了思念，更多的就是想知道她过得好不好。如果她能得到康熙的垂怜，或许纳兰的心会稍许安慰。

爱一个人却不能在一起，就祈祷她快乐、幸福！将她的每一个微笑，每一个声音镌刻在心里；将俩人在一起的分秒片段，储存在记忆中，然后将她的名字雕刻成辗转时空中的金子，向未来期许，期许来生再做那"一生一代一双人"！

但愿，纳兰和表妹在生命的下一个轮回渡口，能如愿长相厮守，永为那一生一代一双人！

第三卷 人生若只如初见

人生若只如初见

人生若只如初见,何事秋风悲画扇。
等闲变却故人心,却道故人心易变。
骊山语罢清宵半,泪雨霖铃终不怨。
何如薄幸锦衣郎,比翼连枝当日愿。

——纳兰容若《木兰花令·拟古决绝词》

一句"人生若只如初见"让多少人为之感慨?短短七个字,饱含了多少初见的美好回忆,又饱含了多少人世的沧桑辛酸?这七个字虽平淡如常,却是情感最浓厚所在。一个人,只要一份情感在心中足够重,无论今后遭遇多么复杂的境遇,总是忘不了初见的情景,尤其是初相遇时刹那间的惊鸿一瞥。

与纳兰容若同为相国公子的多情词人晏几道,他与初恋情人小苹分离多年后,故地重游时,忆起当年俩人在一起的情景,依旧难忘第一次见到小苹的样子。"记得小苹初见,两重心字罗衣。琵琶弦上说相思。"他连小苹当年的穿着都清晰地记得,那琵琶弦上诉说的缠绵情愫,他更是点点在心。

初见是美好的,因为美好所以难忘,席慕蓉在她的诗《初相遇》中写道:

美丽的梦和美丽的诗一样,
都是可遇而不可求的,
常常在最没能料到的时刻里出现。

我喜欢那样的梦,
在梦里,一切都可以重新开始,
一切都可以慢慢解释,
心里甚至还能感觉到,
所有被浪费的时光竟然都能重回时的狂喜与感激。

胸怀中满溢着幸福,
只因你就在我眼前,
对我微笑,一如当年。
我真喜欢那样的梦,

明明知道你已为我跋涉千里,
却又觉得芳草鲜美,落英缤纷,
好象你我才初初相遇。

在这首诗中,席慕蓉梦中忆起的还是初相遇的美好。因而,人生的初见，成了我们心头无限留恋和向往，却又可遇而不可求的美丽的梦。

纳兰的这首《木兰花令》，副标题有"决绝"二字，意思是绝交、断绝往来。有人说是写给他朋友的，可我以为是写给他初恋情人的。这首词以一个被抛弃的女子口吻控诉了男子的薄情。在词中，可以看出纳兰对自己的不尽悔恨之意。

据说纳兰和初恋情人表妹的恋情，就像贾宝玉、林黛玉的爱情一样纯洁真挚。曹雪芹祖父曹寅是纳兰生前好友，当《红楼梦》手抄本流传到乾隆皇帝手上时，他一口气读完后，撂下一句话：这写的不就是明珠家的事嘛！明珠是纳兰容若的父亲，康熙朝权倾朝野的宰相。我们无从考证纳兰的情感经历，但可以肯定的是，他和表妹的初恋遭到了无情的拆散。

他俩像宝、黛一样，青梅竹马、两小无猜；他们情投意合，心有灵犀，乃至私定终身。可最终，表妹被选秀进宫做了皇妃，他们被迫劳燕分飞。在这个过程中，他们哭过、挣扎过、伤心过。一个不愿走，一个不愿离，表妹向纳兰哭诉她的不愿意，她希冀纳兰能向父母祈求，想办法能将她留下，让他们做一辈子的夫妻。

在爱情中，再聪明的女子也总是存着痴心妄想，但再痴情的男子，也会懂得理智。纳兰知道，皇命大于天，就算他是相国公子，也无法抗拒。所以，面对情人的哭诉，他就是肝胆俱裂，也只有选择沉默隐忍。表妹埋怨纳兰，以为他的理智就是负心薄情，所以，词的开头就劈空一句"人生若只如初见"。她满怀期待，希望这份情感能重回从前。

夏天，扇子能为人带来习习凉风，驱赶炎热，所以人人喜欢它。可是到了秋天，天气凉爽了，人们再也用不着扇子了，就把它扔进箱子,甚至抛弃。汉朝的才女班婕妤有一首著名的《团扇诗》,她用扇子的命运,暗喻自己,哀怨地抒写了自己遭到汉成帝冷落的悲惨遭遇。后来,文人常用扇子比喻被抛弃的女子。从"何事秋风悲画扇"这句诗中可以看出,当年表妹一定误以为是纳兰冷落抛弃了她。

词中接下来说"等闲变却故人心,却道故人心易变"。也许这句词就是当年表妹埋怨纳兰的话,她怪他负心薄情。也许这是表妹伤心无奈至极的气话。她应该知道,纳兰对自己一往情深,他何尝不是和她一样痛苦无奈?只是纳兰还是个年轻不经事的少年,他也无法主宰自己的命运,何况,他面对的是至高无上的皇权。

在困难和挫折中,女人总以为男人是天,无所不能,其实男人也有脆弱的时候,只是女人可以哭诉,男人不可以而已。面对女人的哭诉,男人在困难面前,以沉默的姿态抗拒,只是他心中的那份痛,女子知道吗?

虽然表妹埋怨纳兰,在他面前哭诉怨尤,但他们之间没有恨。"骊山语罢清宵半,泪雨霖铃终不怨。何如薄幸锦衣郎,比翼连枝当日愿。"当年唐明皇与杨玉环曾于七月七日之夜,在骊山华清宫长生殿里盟誓,愿世世为夫妻。白居易《长恨歌》中的"在天愿作比翼鸟,在地愿为连理枝",对此进行了生动的描写。安史之乱时,唐明皇带着杨贵妃仓皇西逃,行至马嵬坡,六军不发,逼迫唐明皇赐死杨贵妃。平息安史之乱后,唐明皇在回长安途中,听到雨声、铃声而悲伤,就创作了一首著名的曲子《雨霖铃》,以寄托对杨贵妃的哀思。

唐明皇历尽残酷的宫廷政变,才夺得万里江山,以他的九五至尊之躯,却也保护不了心爱的女人,更何况是纳兰这样一个懵懂纯情少年?人生有很多的无奈和藩篱,很多时候,我们真的是无能为力。纳兰再多情、再叛逆，也不敢用全家人的性命为赌注和皇权抗争。以表妹的知书达理，她应该是懂得这点的，所以她尽管怨纳兰，却并不恨他，要恨就只能恨命运的捉弄。

面对恋人的哭诉和怨尤，纳兰何尝不懂她的苦楚呢？纳兰何尝甘愿分离？可是他又能向谁倾诉？看到恋人痛苦不堪，纳兰的内心充满深深的自责，他责怨自己不能给恋人快乐，不能让她幸福，他恨命运的无常。虽然他和恋人也曾和唐明皇、杨贵妃一样，有过海誓山盟，可是那铮铮誓言怎能敌得过现实的残酷！

现实再残忍，也只能将人的躯体分割开，却无法割断人的情感。杨贵妃死了，唐明皇至死难忘他们之间的爱情。紫禁城的森严壁垒，隔断了纳兰和表妹的身，但彼此之间的深厚情感，就算生死也难以割断。纵然他们之间隔着森严的皇权，但他们之间的情，生死不渝。

人生若只如初见，这成了纳兰一生难以解开的心结。这场夭折的初恋，对纳兰的打击是沉重的，他因此寒疾沉疴复发，一辈子也没有走出这份情殇。

人生的无常，宿命的安排，我们无法追悔曾经，就像刘若英在《后来》中所唱：

后来，我总算学会了如何去爱，可惜你早已远去，消失在人海。后来，终于在眼泪中明白，有些人一旦错过就不在……

也许，许多年后，我们每当有感叹，就会想起当年的星光。就像三百多年前纳兰容若一样，在月下吟哦——人生若只如初见！

谁翻乐府凄凉曲

谁翻乐府凄凉曲？
风也萧萧，雨也萧萧，
瘦尽灯花又一宵。

不知何事萦怀抱，
醒也无聊，醉也无聊，
梦也何曾到谢桥。

——纳兰容若《采桑子》

窗外，风雨潇潇，雨滴打在窗沿下的芭蕉上，嘀嘀嗒嗒，点滴使人愁。纳兰又失眠了，自表妹入宫后，他的心就被掏空了。他的精神被牢牢套上一层沉重的枷锁，心中对表妹充满歉疚。他与她相爱，可作为一个男人，他却无力和命运抗争，眼睁睁看着心爱的人去了她不愿去的地方。两情相悦，他却给不了表妹想要的生活。

他陷入了深深的自责之中，痛苦中他挥不去对她的思念。秋风起，每一片枯叶上都写满了纳兰绵绵愁思，黄叶将他的思念卷舞在风中。不知这风儿能否将纳兰的这份愁思带到深宫中？表妹，你心中是否还在怨尤纳兰？如果早知道相爱不能相守，还不如当初不要相见相知。情缘似水流，覆水总难收，终究是情深缘浅，空留一生遗憾。

"谁翻乐府凄凉曲？"是谁在这清冷的夜里，浅吟低唱这古老的

《古相思曲》?

> 十三与君初相见,王侯宅里弄丝竹。
> 只缘感君一回顾,使我思君朝与暮。
> 再见君时妾十五,且为君作霓裳舞。
> 可叹年华如朝露,何时衔泥巢君屋?

断断续续的琴音声声凄凉,句句泣血。就连屋内的宫灯,听了这凄婉琴声也黯淡了许多。宫灯见证了往昔旧人在时的情景,那时他俩卿卿我我,你侬我侬。原来这样的恩爱美好,不过是昙花一现。眼前,物是人非,旧人已远走,只留下一怀如风中飘絮的回忆。

谁能告诉我,世间有没有这样的笔,能画出你不流泪的眼睛?希望能留得住世上稍纵即逝的光阴,能让所有美丽往事永恒,从此不再凋零。如果可以,我愿意在没有你的夜里,能画出一线光明,全部都送给你。让你的世界里,从此没有失落,没有苦涩,留下的都是甜蜜。

可惜,转身后,灯光下只有纳兰茕茕孑立的影子。
伊人已远去。
夜阑珊,睡无眠,情未央。
纳兰已记不清这是多少个无眠之夜,心中不知是何事萦满怀。他是不知道自己在想什么事吗?不,不是不知道,只不过他不敢提及,不敢触摸，那是他心中永远无法愈合的痛。

一入宫门深似海，从此伊人是路人。他想她，想得百转千回；却看不见，摸不着。思念一个人太久，会忘却她的容颜；想念一个人太长，会丢了自己的心。纳兰想抓住表妹留下的最后的温暖，可冷漠的岁月将伊人留下的最后气息，也一点一点无情地带走，连同纳兰的心也一起带走了。

纳兰成了一个空心人。

一个空心人不懂得饥寒，也不知道睡眠。

老来多健忘，唯不忘相思。一个重情之人，注定会被情所伤！他掉进了情感的泥淖。他苦苦挣扎，却越陷越深，不可自拔。他在绝望的边缘徘徊。

百无聊赖，纳兰不知道该做些什么来排遣心中的愁思。还是用酒来麻醉自己，好歹酒可以让人暂时忘却烦恼。"举杯邀明月，对影成三人"。李白一个人时，可以有明月和他相伴对饮，可纳兰一个人时，连明月都没有，只有窗外的秋风和他相伴，还有那牵人心肠的乐府凄凉曲相伴。纳兰一个人自斟自饮，却将满怀的愁思倾倒在酒杯中，和泪咽下。

他醉了，他以为醉了可以忘记一切，可那些旧情往事却在酒精中慢慢挥发。"梦后楼台高锁，酒醒帘幕低垂。去年春恨却来时，落花人独立，微雨燕双飞。"当年晏几道酒醉梦醒，在微雨落花中，思忆起的依旧是与恋人小蘋初相遇的情景。"记得小蘋初见，两重心字罗衣，琵琶弦上说相思"。晏几道醉了，可他的心还在，所以他还能有梦，还能在梦中再见小蘋。纳兰醉了，可他的心被掏走了，所以他连梦都做不成了。

一个人若没有了心，就会只剩躯壳。是的，纳兰只剩下一具躯壳活着。现实中，他再也没有和她相见的可能，生离形同死别。他多么渴望再见她一回，哪怕是梦也可以。"梦也何曾到谢桥"，可是，现实残酷得连梦都没有，那些曾经的美好记忆的碎片，被无情的西风吹得纷纷落落。

他多想再看一眼她的身影，他多想再听一遍她的声音。失去了，都失去了，自从他眼睁睁地看着她的倩影远去，这一切就都已逝去了，他连心也随同逝去了，留给他的只有一片残破的回忆。那所有的承诺，那所有的誓言，看似坚强，却脆弱得被强大的皇权击得粉碎。

表妹，若你还爱着纳兰，若你懂纳兰，请不要埋怨他。虽然，他是个男人，但他也还是个弱冠少年。不是他不愿意和你在一起，而是他无法主宰自己的命运；不是他辜负了你的一片痴情，而是他无法给予你想要的幸福。他只是个满腹经纶的书生，不是他懦弱，而是他羸弱得抗拒不了皇权。他所能给你的，只有满腔滔滔的情感，还有对你念念难忘的一片痴情。

请不要怪他沉默，他只能选择沉默。

他懂你的苦，只是现实让他很无奈。自你走后，他就把自己的心泡在黄连水里。如果可以，他愿意把一切苦楚都留给自己，把所有的快乐都送给你。他不说，不代表他不愿意；他不说，不代表他不会去做。只是现实让他只能选择沉默，他只能在他清澈的小令里倾诉自己沉默的心事。

人生总有一些人忘不了，总有一些事放不下。爱太深，伤太深，也许得不到的永远最美。有所谓,无所谓,也许谁也不是谁的谁。人生无常,爱一个人,如果无法拥有,那么就在离她最近的天涯,默默为她守候祝福。

张爱玲说:"因为爱过,所以慈悲;因为懂得,所以宽容。"

人生有很多无奈,当我们改变不了现实时,我们只有学着慢慢接受。是月老为你们扯上了红线,偏偏这根线被风吹断了。只是容若啊,请不要再拿命运的错折磨自己。

爱情是个奇怪的东西,当情已沧海桑田,思念却顽固地在回眸处站成风景。是的,爱上一个人可能只用一瞬间,而忘记一个人,却要付出整整一辈子。回眸过往,人生,总有些人,在心;总有些事,珍藏。一段情,一句话,一转身,一辈子;一座城,一滴泪,一缕念,一生心疼。

爱一个人,只要她过得好,便足矣。

> 明月,明月,曾照个人离别
>
> 明月,明月。曾照个人离别。
> 玉壶红泪相偎,还似当年夜来。
> 来夜,来夜,肯把清辉重借?
>
> ——纳兰容若《调笑令》

明月对于李白来说是"举头望明月,低头思故乡",是"举杯邀明月,对影成三人";对苏东坡来说,明月是"但愿人长久,千里共婵娟";对纳兰容若来说,明月是"曾照个人离别",是明月千里寄相思。

那一年,与表妹就是在这样的明月夜里分别的。从此,那曲乐府凄凉曲,总会在这样的有月亮的夜晚,在纳兰心中响起,声声哀怨,句句凄凉。"只缘感君一回顾,使我思君朝与暮",只是可叹年华如朝露,他们没有等待到"衔泥巢君屋"的那一刻。

纳兰的心上人表妹走了,她被征召进宫了,尽管她一万个舍不得，也无法抗拒皇权的强大。当年魏文帝曹丕的宠妃薛灵芸，也曾这般恋恋不舍地离开亲人故土，长途跋涉来到国都洛阳。一路上，她带着进宫的惶恐，带着对前途未卜的不安，离别的泪水染红了手中的玉壶。

和别的进宫女子相比，薛灵芸是幸运的，她得到了魏文帝的宠爱。他为她在城外筑起十丈高的高台，点起万盏红烛迎接她的到来。迎接她的马车徐徐而来，在摇曳的烛光中，她莲步款款，风情万种。她惊艳出场，所有的一切，随着她的出现都黯然失色。因而魏文帝喜欢称她为"夜来"。

当年那个离别的夜晚，月朗星稀，多情的表妹依偎在纳兰怀里，久久不肯离去。她也曾和当年的薛灵芸一样留恋不舍，离别的泪水湿透衣襟。只是进宫后，她的命运是否和薛灵芸一样幸运，能得到皇帝的恩宠？所有的女子进宫，所期盼的无非是能得到帝王的宠爱，而纳兰的表妹，却是个异数。她的心牵挂在纳兰身上，对其他的男人她心无旁骛，哪怕他是如日月一样光辉的九五至尊。

尽管她进宫了，可那厚厚的宫墙隔不断表妹的心，她在期待他们重逢的那一天。临别时，她对他说，此生能得到心爱男人的一句"相思相望不相亲，天为谁春"已足矣！人的生命不在于长短，对于一个女人来说，一生中能得到心爱男人为她钟情，还有什么不自足呢？更何况是纳兰这样深情执著的多情郎！

她走了，可是在每一个夜晚，纳兰都在为她"瘦尽灯花又一宵"，他为她"醒也无聊，醉也无聊"。彻夜难眠的相思，是什么样的滋味？是一种生不如死的折磨。她走了，可她的影子还在，她的气息还在。纳兰害怕触摸她留下的最后气息，却又害怕这点气息会也被流光带走。

  无数个黄昏，他伫立斜阳中，怀想他们"依约相逢，絮语黄昏后"的美好时光，怀想她"夕阳谁唤下楼梯，一握香荑"的袅娜身影，怀想她"回头忍笑阶前立，总无语，也依依"的调皮可爱。可是这一切都已成为过去，过去的时光还能重来吗？如果可以，纳兰愿意让时光倒流，他愿意时光停止在他们在一起的美好时刻。所以他在无限感伤中反问明月"来夜，来夜。肯把清辉重借？"

  月还是旧时的月，可眼前却物是人非。明月啊你能否将你的清辉重借，让纳兰和表妹再回他们相依相偎的往昔？答案是否定的，因此纳兰写了这首《调笑令》用来嘲笑自己。嘲笑自己痴心妄想，傻得天真。纳兰明知明月不可能给他答案，却还忍不住对明月细语呢喃，他想重温那个已冷却的旧梦。纳兰期待来夜，也许是他不甘心，也许他还怀揣着几许希冀吧。

  这一段往事，沉淀在纳兰心底，想说却不能说，说了却又难以言尽。这样的种种折磨，将纳兰敏感的心，磨砺出道道血痕。他不敢在阳光下舔舐伤口，却只能在无人的夜晚独自用泪水清洗伤口。往事像雨中落花一样飘逝，蹂躏着纳兰脆弱的心。他的心下着六月的绵绵苦雨，他只有在凄风中低头捡拾散落一地的花瓣。

  纳兰是个人间少有的多情种，他放不下那份执著，丢不下那份情感。这些注定他会被情灼伤。情深不寿，一个人能有多少心血，经得住日日瘦尽灯花又一宵？记得席慕蓉在她的诗《野风》中这样写道：

就这样地俯首道别吧/世间哪有什么真能回头的/河流呢/
就如那秋日的草原/相约着/一起枯黄萎去/我们也来相约吧/相约

着要把彼此忘记/

只有那野风总是不肯停止/总是惶急地在林中/在山道旁/在陌生的街角/在我斑驳的心中扫过/

扫过啊/那些纷纷飘落的/如秋叶般的记忆/

还是放下吧,放下抓不住的时光,放下握不住的情感。席慕蓉在诗中告诉我们,要相约着把彼此忘记。我们生命中会走过很多人,也许,表妹只是纳兰生命中的一场情劫,也许她只是他生命中的一次石桥际遇。只有放下,我们才可以轻装上阵,也许在转角处就会遇到一个可以彼此温暖的人。可惜纳兰放不下,一个痴情的人,怎能够放下心中的情?为此,他几乎付出了生命的代价!

自表妹走后,纳兰就寒疾复发,卧床不起。是的,一个重情之人注定被情所伤。在表妹走后的日子里,他夜以继日地工作,编著了《通志堂经解》。《通志堂经解》收录先秦、唐、宋、元、明经解138种,纳兰自撰两种,共计1800卷。这期间,他就是靠忘我的工作来排遣对表妹的思念。也许只有忘我的工作,他才能暂时忘却自己,忘却心中的那份痛。

"箜篌别后谁能鼓,断肠天涯",纳兰还时刻沉浸在"年年今日两相思"中。其实,如果能放下过去,也许纳兰也不至于早殇,表妹也不至于早夭。只是生命中,谁又能料到,后来的后来会是什么样的结局?也许走过多梦的从前,走过似水的流年,我们才会明白,时光给往事的封印是"此情可待成追忆,只是当时已惘然"。

今夜玉清眠不眠

彤云久绝飞琼字,人在谁边?
人在谁边?今夜玉清眠不眠?

香销被冷残灯灭,静数秋天,
静数秋天,又误心期到下弦。

——纳兰容若《采桑子》

夜已深,忙完一天的功课,纳兰又陷入了沉思。他是个心思细腻的男人,自意中人表妹被选秀进宫后,他常常会呆立在某个地方,忘记周围的一切。

是的,他和表妹青梅竹马,两小无猜。他俩是心灵的知己,是天造地设的一对璧人。他们私下已有婚约,可是还没有来得及向父母提及,表妹就被选秀进宫了。生在王侯之家到底是祸还是福?也许,对有的人来说,是梦寐以求的好事,然而对纳兰来说,却是一种人生的无奈。

清朝规定,凡满族贵族女子,满12岁到16岁,都要参加三年一次的皇宫选秀,不得嫁人。纳兰家族显贵,其家族的女子,均受到过良好的文化教育，所以她们无论如何也逃不脱皇家的涉猎。纳兰学富五车，风流倜傥，想来他的意中人表妹，也一定是个有着咏絮之才的倾城女子。这样人才出众的女子，注定是为皇家准备的，纳兰就是对她有再多再深的情，也无法和皇权抗衡。

生在贵族之家却没有选择自己婚姻的权力，如此，要那样的钟鸣鼎食生活有何用？为此，纳兰曾在《画堂春》中诉求"若容相访饮牛津，相对忘贫"。这一句词，读了让人心疼。一个相国公子，竟然无法和相爱的女子在一起。为了能和心爱的女子在一起，哪怕像牛郎织女那样，每年只见一次面，让他抛弃荣华富贵过着清贫的生活，他也愿意。

"迢迢牵牛星，皎皎河汉女。盈盈一水间，脉脉不得语。"牛郎织女已经够苦了，一对相爱的情侣生生被隔离在天河两边。彼此只能遥遥相望，却无法诉说相思的苦楚。几千年来，人们赋予牛郎织女以深切的同情。毕竟，牛郎织女是夫妻，他们有孩子，他们还有一年一次相会的机会。可是，人们不知道，世间还有一种人，他们活得比牛郎织女还要苦。他们彼此相爱，却不能够在一起，甚至连遥遥相望的机会都没有，这对情侣来说，是一种怎样的折磨？

纳兰和表妹就是比牛郎织女还要苦的一对情人。可是这样的苦，他们连说都不可以，只能让思念在心里咬噬肺腑，直到溃烂。如果说，早知道这是一场没有结局的故事，还不如当初不要开始。可是，当爱情来的时候，谁又能挡得住它的冲击？很多时候，就算你明明知道没有结局，还是身不由己地陷入其中，直到遍体鳞伤。

纳兰已身不由己，他明明知道表妹进宫了，想再等她回来是遥遥无期的事，可他还是要自欺欺人地傻傻地等。"彤云久绝飞琼字"，古时候传说神仙居住的地方祥云缭绕，所以后来人们用彤云代指神仙居住的仙府。"飞琼"指的是仙女。传说西王母的侍女名字叫许飞琼，住在瑶台。这里纳兰用"彤云"仙境代指皇宫，用"飞琼"代表可望而不可即的所爱女子表妹。这句词说的是，纳兰已经很久没有收到表妹的信了，他心里既放不下思念，又忐忑不安。

因为心里忐忑，所以才会有下句"人在谁边？人在谁边"。纳兰真是自欺欺人啊，表妹身在皇宫，除了在皇帝身边，还能会在谁身边？也许现在她就在康熙皇帝的怀里，强颜欢笑呢。

相爱的人都是心有灵犀的，纳兰知道表妹忘不了自己，知道表妹还在想着自己。他由己推及对方，不知道今夜表妹会不会和自己一样，因相思而彻夜难眠，所以他说"今夜玉清眠不眠"。

"玉清"也指的是仙境，这里代表皇宫。在无言的夜里，纳兰夜不能寐，徘徊在秋意浓浓的夜色中。他在心底喃喃低语：很久没有收到你的来信了，这些日子你过得怎么样，他对你好不好，你有没有受委屈，今夜你是不是像我思念你一样思念着我呢？

夜深了，露水很重，打湿了纳兰的衣襟。纳兰由室外走到室内，思绪也从天上落到了人间。"香销被冷残灯灭"，屋内的檀香烧完了，被子是冰冷的，燃烧的灯火不知什么时候也熄灭了。现实将纳兰的心，带到了冰谷。这一切都在提醒着纳兰，旧梦已逝，今非昔比，表妹不在身边，她已成了另一个男人的女人。往事已不可能再回头，陪伴自己的只有这凄冷的孤灯寒衾。

尽管现实是残酷的，可是痴心的纳兰还是那样执着地思念着表妹。明明知道春去了不会再来，那个相依相偎絮语黄昏的日子，已成了过去的过去，可是他还是忘不了，忘不了曾经的点点滴滴。伊人不在，谁能为他红袖添香？伊人不在，谁能点亮他心中的那盏明灯？

"瘦尽灯花又一宵"，纳兰睡不着，他失眠了，他已无数个夜晚失眠了。自己无望的相思，什么时候才是个头啊，似乎永远没有尽头。转身是表妹盈盈的笑脸，折回是屋内寂冷的景象。这一切无不在揪着纳兰的心。长夜难熬，"静数秋天，静数秋天"，他又要在静数秋天中独自度过今宵。他一天天地在数日子，哪怕是无望，也要守望。他在期待着相聚的那一天，所以他说"又误心期到下弦"。

苏东坡说："人有悲欢离合，月有阴晴圆缺，此事古难全。"看来人生相逢这件事，如同月圆月缺一样，此事古难全。明明知道，有些人一旦错过就不再，却还要痴心妄想地等着；明明知道，往事已不再回头，却还要傻傻地期待重逢的那一天。人生若只如初见的美好，却在何事秋风悲画扇中凄凉。

读到"又误心期到下弦"，则有一种绝望在心底漫延。但这种绝望的心绪，却不忍对纳兰言说。从这句话中，我已隐隐感觉到，纳兰和表妹最终是悲剧结场。据说表妹听到纳兰病逝的消息后，吞金自杀；也有的说表妹情系纳兰，被人陷害打入冷宫；还有的说，她做了公主的老师，一生老死宫中。总之，表妹的结局是悲凉的。

更为悲凉的是，世间事明明已无望，却偏偏还要守望，直到山无棱，江水为竭，乃敢与君绝！纳兰和表妹彼此期待了一生，也没有守望到相守的那一天，但愿在人生的下一个渡口，他们能等来"一生一代一双人"的那一天。

谢却荼蘼，一片月明如水

谢却荼蘼，
一片月明如水。
篆香消，犹未睡，早鸦啼。

嫩寒无赖罗衣薄，
休傍阑干角。
最愁人，灯欲落，雁还飞。

——纳兰容若《酒泉子》

荼蘼是在暮春时开花，在盛夏里怒放的单生花朵。提起荼蘼脑海里就会呈现这样一幅画面：漫山遍野的荼蘼花开得难舍难收，热烈得似乎要把山野燃尽。然而，荼蘼花开也意味着春天就要结束了，让人不由得联想起，繁华过后梦一场。因而，荼蘼也被赋予了感伤的意味。苏东坡说："荼蘼不争春，寂寞开最晚。"纳兰以一句"谢却荼蘼"点出时间，同时也传达了春华殆尽的含义。

古人常以春花象征人的青春时光，"谢却荼蘼"包含对时光流逝、青春虚度的感叹。宋代王淇说"开到荼蘼花事了"，因此，荼蘼用在这里，更有一种绝艳凄然的意味。读纳兰的这首《酒泉子》，只第一句"谢却荼蘼",就将一种感伤渗到人的骨子里。

那是一个初夏的夜晚,窗外,月光如水倾泻而下。繁华过后是凄凉,在明月如水的夜色中,那曾经开得如火如荼的荼蘼花,已经凋落殆尽,偶有一些零落的花瓣似乎还难舍枝头的灿烂,在一片清凉的月光中恋恋不肯离去。

纳兰独立窗前,呆呆地望着月色出神。这窗外景致让人不忍卒观。倦眼目乏,纳兰将眼神又放回室内,只见篆香也殆尽,此时耳边传来早鸦的啼叫声。原来他又是一夜未眠。

"篆香"指的是唐宋时将香料做成篆文形状,点其一端,依香上的篆形印记,烧尽计时。李清照在《满庭芳》中写道:"篆香烧尽,日影下帘钩。"秦少游的《减字木兰花》中亦有"断尽金炉小篆香"之句。这里的"篆香消,犹未睡,早鸦啼",指的是纳兰一宿没睡。

纳兰究竟因何失眠?是感伤这荼蘼曾经有过那样盛烈的生机,还是那场美丽花事,曾真真切切流连过他的光阴?

或许,都有。

一片寂静,那个微凉的初夏深夜,寂静得能听得见风的叹息。

既然已经睡意全无,不如凭栏远眺,但是单薄的春衫难以抵挡这初夏早晨的轻寒。其实,难以抵挡的何止是晨寒呀,更难以抵挡的是孤寂之心的凄寒。"嫩寒无赖罗衣薄,休傍阑干角"这两句,化用的是张先的《醉落魄》词句:"朱唇浅破桃花萼,倚楼谁在阑干角,夜寒手冷罗衣薄。"

纳兰起身斜倚阑干一角。他应该是身着白色的罗衣吧,轻薄的罗衣在月下泛出绸质的柔滑荧光。寒意袭裹而来,可纳兰却不想回房休息，任由伤感、空旷、寒意，由心向身慢慢沁透开来。

他望这一轮明月，怜这满地落花，可更多的是难以释怀那如海的相思。"最愁人，灯欲落，雁还飞"，纳兰从早望到晚，渴望能得到思念人儿的讯息，却没有丝毫踪迹，只看到了回归的大雁一队队飞过天空。

"最愁人"包含了两重意义：一是雁归而人未归，令人生愁；二是没有收到鸿雁传书，而心生忧愁。自古有鸿雁传书之说，可徒见雁行飞过，却无离人只字信息。李清照在《一剪梅》中说："云中谁寄锦书来？雁字回时，月满西楼。"秦少游更是将愁绪寄情在过往的鸿雁身上，他说"过尽飞鸿字字愁"。

此时的纳兰是孤单的，亦是惆怅的。纳兰将这一怀惆怅和着一地如水月光，酿造成酒，独斟独饮，即便酩酊也只能化作眼角的两行清泪！多少事欲说还休啊，欲说却不能说，百转千回后，所有的话都化为风中的一声深长叹息。

这首《酒泉子》是《纳兰词·杂感篇》里的末篇。没有确切的资料可以考证容若填写的具体时间，也无从考证他写给谁的。我们只能根据词意猜测，那是一个三百多年前的微凉月夜，他在思念一个心爱的人。

纳兰经历了三次刻骨铭心的情感，初恋表妹，结发妻子卢氏，红颜知己沈宛。

表妹因进宫被迫与纳兰分离，他们虽然人离，但心却没离；初恋的夭折，是纳兰苦情人生的开始，为此他大病了一场，也因病失去了一次科考的机会。

卢氏是纳兰父母为他定的一门亲事，当时纳兰还没有从失恋的情殇中走出，但为了不违背父母的意愿，他勉强接受了婚事。不过也正是卢氏用她的温情融化了纳兰冰冷的心，让他慢慢地从失意中走出，重新开始了生活。但幸福总是很短暂，随着卢氏的病逝，纳兰的情感又一次跌入了冰谷。

沈宛是纳兰在卢氏去世十年后遇到的红颜知己，但因为两人身份的悬殊，为当时世俗所不容，沈宛不得不离开纳兰。也正是沈宛的离去，让纳兰再也经不住打击，不久便病亡。

据考证，表妹进宫后和纳兰还有书信往来，纳兰的《采桑子》就证明了这样的事实。

彤云久绝飞琼字，人在谁边？人在谁边？今夜玉清眠不眠？
香销被冷残灯灭，静数秋天，静数秋天，又误心期到下弦。

——纳兰容若《采桑子》

"彤云久绝飞琼字"是说很久没有收到表妹的来信了，他在牵挂着她。纳兰和表妹大概曾约定每次通信的时间，而这一次纳兰没有收到她的来信，"又误心期到下弦"意思是只能等待下一次约定的时间了。

或许，在某个夏夜，纳兰没有收到表妹的来信彻夜难眠，于是就生出这样的满怀愁绪吧。因此这首词，纳兰应该是为表妹而作。只是在三百多年后的今天，当我们望着天上这轮被纳兰邀约了无数次的明月，你是否也会生出连绵不绝的感念呢？

想起一首叫《望月》的歌：

望着月亮的时候、常常想起你，
望着你的时候、就想起月亮；
世界上最美、最美的是月亮，
比月亮更美、更美的是你！
没有你的日子里、我常常望着月亮，
那溶溶的月色、就像你的脸庞；
月亮抚慰、抚慰着我的心，
我的泪水、浸湿了月光。
月亮在天上、我在地上，
就像你在海角、我在天涯；
月亮升得再高、也高不过天哪，
你走得多么远、也走不出我的思念。

如果用"太阳"和"月亮"来比喻这世间的男子，那么纳兰定是世人心口那轮清澈的月亮。当月亮升起时，不知道表妹是否会想起纳兰那清俊的脸庞；当溶溶月色倾洒大地时，不知道表妹是否会忆起与她的冬郎表哥曾经的过往交集？

我知道，哪怕是省略了所有的记忆，她也会记得他。

就算你在海角，我在天涯，纵然岁月飞逝，流光汹涌，你也走不出我的思念⋯⋯

第四卷

身世悠悠何足问

身世悠悠何足问

德也狂生耳。偶然间、淄尘京国,乌衣门第。有酒惟浇赵州土,谁会成生此意。不信道、遂成知己。青眼高歌俱未老,向尊前、拭尽英雄泪。君不见,月如水。

共君此夜须沈醉。且由他、蛾眉谣诼,古今同忌。身世悠悠何足问,冷笑置之而已。寻思起、从头翻悔。一日心期千劫在,后身缘、恐结他生里。然诺重,君须记。

——纳兰容若《金缕曲·赠梁汾》

纳兰容若一生最大的理想,就是做一个浪迹江湖的文人雅士,尽情挥洒精神的自由与人格的独立。但是纳兰的显赫出身,和皇帝身边近臣的身份,注定了他这个理想,只能是一个遥不可及的梦。纳兰陷于极度苦闷之中,与汉族文人雅士的倾心交往和心灵默契,成了他精神上的安慰与寄托。这首《金缕曲》就是纳兰写给汉族文人,他的莫逆之交顾贞观的,纳兰也因此词一举成名。

纳兰出身高贵,顾贞观只是一名江湖落落狂生。清朝统治者入关，对汉人处处排斥，而纳兰却全然不顾这些，常常和这些汉族文人，聚集在自家渌水亭诗酒畅谈。顾贞观年长纳兰十八岁，他到京城前为自己画过像，其中题有句"侧帽轻衫，风韵依然"。纳兰看到词与画像很喜欢，他也题了一首词，就是这首《金缕曲》。顾贞观在此词的后记中记云："岁丙辰，容若年方二十有二，乃一见即恨识余之晚，阅数日，填此曲为余题照。"由此可见二人友情的深厚。

纳兰作为相门公子，处处是众人关注的对象。因为他和顾贞观交好，所以就有人放出流言，说顾贞观对纳兰另有所图。认为顾贞观是流落江湖的文人，怎么能攀得上贵族公子呢？顾贞观入朝为官时，曾遭人诽谤而罢官回乡，因此，面对眼前的流言蜚语，纳兰便作此词劝慰友人。

"德也狂生耳。偶然间、淄尘京国，乌衣门第。"词本是柔媚的，纳兰却一反常态，写出了豪迈，一出手就气势酣畅淋漓。他说自己天生痴狂，出生在侯门望族，又在天子面前供职，这一切纯属偶然，并非我刻意追求。在友人面前，纳兰没有以贵族公子自居，而是自诩"狂生"，打消友人顾虑，不要因为身份悬殊而不敢接近。"偶然间"三字，纳兰表明了自己如今取得的荣华富贵，纯属偶然，言外之意是希望出生寒门的顾贞观能理解他，以常人待之。

纳兰的故居在北京西城区什刹海的后海，今天仍然相当繁华。他的故居就是今天的宋庆龄故居，所以他说"淄尘京国"。宋庆龄故居里有恩波亭，据说就是在当年的渌水亭故址上建造的。当年，纳兰在这儿与友人宴饮，今天还可以想象得出从前的富贵与风流。

"乌衣门第"，本来指南京的乌衣巷，是王谢家族集居处，这里指大家族的聚集处，是纳兰认为自己家与王谢家相比的地方。王导、谢安是东晋时著名的宰相，纳兰的父亲明珠能不能与他们相提并论呢？事实上，纳兰家并不亚于王谢两家。

纳兰明珠是康熙朝的名相，一人之下，万人之上。纳兰家族属满洲正黄旗，就是后世所称著名的叶赫那拉氏。纳兰属于海西女真，努尔哈赤属于建州女真。纳兰性德的曾祖父，是女真叶赫部首领金石台，金石台的妹妹孟古，嫁努尔哈赤为妃，生皇子皇太极，尊她为孝慈高皇后。纳兰的曾祖父与康熙的曾祖母是亲兄妹，我们可以看到纳兰家族的尊贵。

"有酒惟浇赵州土，谁会成生此意。""赵州土"代指平原君赵胜。平原君是战国时期赵国的公子，赵惠文王之弟，他任赵国宰相时，礼贤下士，门下宾客至数千人。惠文王死后，孝成王继位，他继任宰相，受封于东武城（今河北故城西南），为"战国四公子"之一。赵孝成王七年（公元前259年）长平之战后，秦军围困邯郸，形势十分危急。赵胜尽散家财，发动士兵，坚守城池，长达三年之久。以后，他又多次派遣使者向魏国告急，并且亲自率门客毛遂等人前往楚国求援。魏、楚两国援军到来，解了邯郸之围。

此句纳兰用李贺《浩歌》"买丝绣作平原君，有酒惟浇赵州土"成句。进一步表达，自己仰慕平原君的人品，并且愿意向他那样礼贤下士，广交四海朋友。但是纳兰感到没有人能理解自己的一番苦心，所以发出"谁会成生此意"的慨叹。人生难得一知己，纳兰在此句中透露了深深的孤寂之情。

然而，世间事就是那样的难以预料。高山流水，俞伯牙偶然间得遇钟子期，纳兰也在深感知音难觅时，竟然遇到了顾贞观。"不信道、遂成知己"，表明了纳兰在意外得到知己后的狂喜之情。

"青眼高歌俱未老，向尊前、拭尽英雄泪。君不见，月如水。"这里的"青眼"表示对人的喜爱和尊重。相传晋朝的阮籍能作青白眼，见到高人雅士，与己意气相投的则为青眼，遇到愚俗之人则为白眼。此句纳兰写了两个人相逢时的情景，用"青眼"的典故，表明自己与顾贞观彼此欣赏，互相器重。"君不见，月如水"，除了表明他们两个人见面的时间是晚上，也表明两个人友情的纯朴、真挚和高洁。

"共君此夜须沈醉。且由他、蛾眉谣诼，古今同忌。"自古以来，有一些人就喜欢以造谣中伤别人为乐事。顾贞观与纳兰的友情，也不可避免地被谣言中伤。纳兰劝慰友人，不要把这样的谣言放在心上。自古"酒逢知己千杯少"，不如趁此良辰美景，美酒佳肴，两个人一起喝个一醉方休，以求解脱。

面对谣言，纳兰由好友想到自己，他对此回应是"身世悠悠何足问，冷笑置之而已"。意思是猜忌算什么呢？我只有冷笑置之而已，他看中的是深情厚意，至于距离他不在乎。这首词在当时看来，显得相当的叛逆与另类。当年京城人们争相传抄纳兰的这首词，一时间真是洛阳纸贵。此句照应了开头的"偶然间、淄尘京国，乌衣门第"。正是因为纳兰蔑视荣华富贵，不满现实社会，所以才会产生"寻思起、从头翻悔"的想法。

"一日心期千劫在，后身缘、恐结他生里。然诺重，君须记。"纳兰向友人郑重承诺：我们心期相许，互为知己，今后即使横遭千劫万难，情意也要长存，但愿来生我们还能再续这样的缘。也许是一语成谶，相传纳兰去世后，顾贞观回到故乡无锡。一天晚上，他梦见纳兰对他说："文章知己，念不去怀。泡影石光，愿寻息壤。"当天夜里，顾贞观的儿媳就生了个儿子，结果一看，发现长得和纳兰一模一样，顾贞观知道是其再世，心中非常高兴。一个月后，顾贞观又梦见纳兰和自己道别，醒来后，知道孩子已经夭折了。

这虽是一段传说，但足见二人友情的深厚和生死不渝。故事真实性已无需考证，但是二人的友情是惊天地的。有学者评价纳兰的友情是"率真无饰"，没有任何虚伪与掩饰的。顾贞观也是坚定地回应了纳兰友情的结托，回词一首"但结托，来生休悔"。

因为顾贞观喜欢浪迹，纳兰想要留他在身边，于是就在明珠相府中开辟出一块地，专门盖了几间茅草房，邀请顾贞观来长期居住。纳兰还专门写了一阕《满江红》来邀请：

问我何心，却构此、三楹茅屋。可学得、海鸥无事，闲飞闲宿？百感都随流水去，一身还被浮名束。误东风、迟日杏花天，红牙曲。

尘土梦，蕉中鹿。翻覆手，看棋局。且耽闲斟酒，消他薄福。雪后谁遮檐角翠，雨余好种墙阴绿。有些些、欲说向寒宵，西窗烛。

这些举措足以看得出纳兰的真诚，顾贞观在为纳兰所作的祭文中说："呜呼吾哥！其敬我也不啻如兄，其爱我也不啻如弟。"

世间最珍贵的情意除了亲情、爱情，还有就是友情。纳兰是个真性情人。他至亲至孝，每每父母染恙，他必衣不解带，亲自奉汤试药,日夜守候;他情比金坚,一生为情所累,对所钟爱女子付出所有的爱;他肝胆相照,对友人忠义情深,生死不渝。

纳兰词之所以生命长青,是因为词中流淌的真切动人的情感。无论是凄美哀怨的爱情词,还是真挚深婉的友情词,都记录着他一往情深的心路历程。他与顾贞观之间的这段知己之情,更是感动人心,流传千古。

名士倾城，易到伤心处

须知名士倾城，一般易到伤心处。柯亭响绝，四弦才断，恶风吹去。万里他乡，非生非死，此身良苦。对黄沙白草，呜呜卷叶，平生恨、从头谱。

应是瑶台伴侣。只多了、毡裘夫妇。严寒觱篥，几行乡泪，应声如雨。尺幅重披，玉颜千载，依然无主。怪人间厚福，天公尽付，痴儿骏女。

——纳兰容若《水龙吟·题文姬图》

  这是一篇题画之作。从词的内容来看，大约画面上画的是蔡文姬一人远嫁匈奴的形象。其实这首词有一明一暗两重意思，明是对蔡文姬的题咏，暗是写汉人才子吴兆骞。

  吴兆骞是清初诗人，字汉槎，号季子，江苏吴江人。出生于一个官宦之家，少有才名，与华亭彭师度、宜兴陈维崧有"江左三凤凰"之号。当时的江南，从明朝就开始形成文人结社的传统。这样的党社主要是为了应付科举考试、针对科举的特点而形成的文人集团。吴兆骞加入的是慎交社，与纳兰的第一知交顾贞观还有纳兰的老师徐乾学交情深厚。

吴兆骞才情甚高，据说明末清初的散文三大家之一的汪琬来到吴江，吴兆骞对他说："江东无我，卿当独步。"由此可见吴兆骞有点恃才傲物，然而，人骄傲狂妄到这样程度，难免会遭人嫉恨。在顺治十四年，吴兆骞的命运发生了逆天变化。

这一年发生了史上著名的"丁酉科场案"，有人弹劾这次科举存在考生舞弊现象。一时，朝野震惊，民愤慨然，顺治下旨将举人全部押送到北京，由顺治亲自复试。有一说，吴兆骞胆小，被押到顺治面前时，手抖，不能握笔，最后"未能终卷"，顺治将他流放到宁古塔；还有一说，吴兆骞连复试机会都没有得到，在此之前就判了刑，定为舞弊，被关在牢狱里。

吴兆骞在刑部大牢里口占了两首七律（现存于其诗集），即《戊戌三月九日自礼部被逮赴刑部口占二律》，为自己喊冤。

其一：

仓黄荷索出春官，扑目风沙掩泪看。
自许文章堪报主，那知罗网已摧肝。
冤如精卫悲难尽，哀比啼鹃血未干。
若道叩心天变色，应教六月见霜寒。

其二：

庭树萧萧暮景昏，那堪缧绁赴圜门。
衔冤已分关三木，无罪何人叫九阍。
肠断难收广武哭，心酸公诉鹄亭魂。
应知圣泽如天大，白日还能照覆盆。

在刑部审讯时,吴兆骞又做了一首七律《四月四日就讯刑部江南司命题限韵立成》为自己辩白。

> 自叹无辜系鹓鸠,丹心欲诉泪先流。
> 才名夙昔高江左,谣诼于今泣楚囚。
> 阙下鸣鸡应痛哭,市中成虎自堪愁。
> 圣朝雨露知无限,愿使冤人遂首丘。

当时的法官明白吴兆骞的冤情,就将他的"立成"诗呈皇帝御览。可是当时朝廷的做法是有政治意图的,这个科举案一来是掺杂党争,二来朝廷要在江南立威,所以顺治根本不会在乎哪个人的生死安危,结果吴兆骞被判家产充公,全家流放到宁古塔。

以吴兆骞的才学被流放,明眼人都明白是被冤枉的。这件事在文人集团中影响很大,很多人为他写诗撰文以表同情。吴兆骞的冤案,让很多知识分子感到岌岌可危,说不定哪一天这样的事儿会摊到自己头上。

在众多的为吴兆骞写的诗文中,以吴伟业的《悲歌赠吴季子》和顾贞观的两首《金缕曲》,最广为流传。

《悲歌赠吴季子》
吴伟业

人生千里与万里,黯然销魂别而已。君独何为至于此,山非山兮水非水,生非生兮死非死!十三学经并学史,生在江南长纨绮。词赋翩翩众莫比，白璧青蝇见排抵。一朝束缚去，上书难自理。绝塞千山断行李，送吏泪不止，流人复何倚。彼尚愁不归，我行定已矣。八月龙沙雪花起，橐驼垂腰马没耳。白骨皑皑经战垒，黑河无船渡者几。前忧猛虎后苍兕，土穴偷生若蝼蚁。大鱼如山不见尾，张鬐为风沫为雨。日月倒行入海底，白昼相逢半人鬼。噫嘻乎悲哉！生男聪明慎莫喜，仓颉夜哭良有以，受患只从读书始。君不见，吴季子！

《金缕曲》
顾贞观
其一：

季子平安否？便归来，平生万事，那堪回首！行路悠悠谁慰藉，母老家贫子幼。记不起、从前杯酒。魑魅搏人应见惯，总输他、覆雨翻云手。冰与雪，周旋久。

泪痕莫滴牛衣透。数天涯，依然骨肉，几家能够？比似红颜多命薄，更不如今还有。只绝塞、苦寒难受。廿载包胥承一诺，盼乌头马角终相救。置此札，君怀袖。

其二：

我亦飘零久。十年来，深恩负尽，死生师友。宿昔齐名非忝窃，试看杜陵消瘦。曾不减，夜郎僝僽。薄命长辞知己别，问人生、到此凄凉否？千万恨，为君剖。

兄生辛未我丁丑。共些时，冰霜摧折，早衰蒲柳。词赋从今须少作，留取心魂相守。但愿得、河清人寿。归日急翻行戍稿，把空名料理传身后。言不尽,观顿首。

据记载吴兆骞被流放在宁古塔期间,开馆授徒,传播知识,培养人才,并创作了100篇边塞诗、抗俄爱国诗及以宁古塔名胜古迹为题材的作品及咏叹诗。吴兆骞的《秋茄集》收录了其部分边塞诗作品,《北渚望月》是目前发现最早的描写镜泊湖的诗,《上京》则是我国最早描写渤海国上京龙朱府遗址的一首诗。吴兆骞在宁古塔期间对中朝两国之间的文化交流作出了贡献,促进了两国人民之间的友谊。

他的好友顾贞观在他被流放后,一直想方设法营救,但都无济于事,于是顾贞观向自己的好友纳兰求助。纳兰读了顾贞观这两首《金缕曲》后,深受感动,他说,这事我一定全力以赴,但得给我十年的期限。顾贞观说,吴兆骞恐怕没有生还的机会。顾贞观一再请求他,纳兰最后承诺得至少五年。

这事为什么这样难呢?中南大学的杨雨教授在《百家讲坛》中是这样解释的:

一是此事是顺治时的案子,作为儿子康熙不能随便否定父亲;

二是这案件后来成了打压汉族文人的案子,满汉关系复杂,要营救,其难度可想而知;

三是这件事是不同派系政治斗争的结果,纳兰明珠也是政敌要打击的对象。因此纳兰不敢轻易答应。

但是,事情尽管这样难,纳兰还是将他们的友情发挥到了极致。

他回词给顾贞观说:"绝塞生还吴季子,算眼前,此外皆闲事。知我者,梁汾耳。"纳兰能说出这样情真意切的话,足见他是个肝胆相照的人。

纳兰向父亲求救,但明珠明白这事干不得,康熙怎么可能翻案呢?但看在儿子从来不求的份上,明珠还是勉为其难地说,试试看。他要面见顾贞观,他要试试他。

明珠知道顾贞观是个羁傲的汉族文人,且从来不喝酒,就故意问顾贞观,您从来不喝酒,愿意为朋友干了这杯酒吗?顾贞观干了;明珠又笑着说,能不能学满人请安?顾贞观接受了。最后明珠郑重地说,没想到情义重到这种地步,等着听我的消息吧。

终于等来一个机会,康熙派人去长白山祭祀,长白山是清王朝的发祥地。明珠让吴兆骞写了篇《长白山赋》,呈送给了康熙。虽然康熙很是欣赏,但听明珠说了吴兆骞的事后,还是没能为他翻案,理由就是先帝的案子不能轻易翻案。

又过了五年之后,也就是康熙二十年,因为朝中发生大事,吴三桂等叛乱刚刚平息,这提醒了康熙,对汉族文人,不能再像顺治朝时一味打压,得争取他们的支持。这时纳兰他们再次面求皇帝,在他的努力下,这次康熙赦免了吴兆骞。康熙二十年,吴兆骞终于平安地回到了北京。

据说吴兆骞回来后,不知道这个中的辛劳,他还误解了顾贞观。纳兰知道了,就让父亲召来吴兆骞,只见厅堂中,左边写着"顾贞观为吴兆骞饮酒处",右边写着"顾贞观为吴兆骞屈膝处"。吴兆骞见后立即醒悟,并真诚地向顾贞观道歉,从此三人成了深交。这个故事对汉族的文人来说，纳兰的重情重义温暖了他们的心。

知道了吴兆骞的背景之后，那他和绝世才女蔡文姬又有何瓜葛呢？蔡文姬是汉末大文豪蔡邕的女儿，是史上屈指可数的大才女。蔡文姬初嫁河东卫仲道，结果卫仲道早逝，她因受不了卫家白眼，不顾父亲反对，执意回到娘家。后来天下大乱，蔡文姬被胡人所掳，被迫嫁了匈奴人，生有二子。曹操与蔡邕有管鲍之交，就用重金赎文姬归汉，把她嫁给了青年才俊董祀。纳兰的这首《水龙吟》，吟咏的主题就是蔡文姬的身世。

"须知名士倾城，一般易到伤心处。"李延年《佳人歌》中有"北方有佳人，绝世而独立。一顾倾人城，再顾倾人国"这样的句子，后来人们就用"倾城"代指美女，这里指蔡文姬；句中"名士"指的是吴兆骞。这句词的意思是说，名士和美女有共同之处，都是多情善感的。一方面他们的命运相似，容易互相理解，惺惺相惜。古语有云："自古红颜多薄命""古来才命两相妨"，说的就是他们命运多舛，坎坷艰辛。

"柯亭响绝，四弦才断，恶风吹去。""柯亭"在今绍兴西南，盛产良竹。相传蔡邕曾用此地之竹制笛，奇声响绝。柯亭响绝，表示蔡邕已死。"四弦才"指文姬精于音律。《后汉书》李贤注引刘昭《幼童传》中说：

"邕夜鼓琴，弦绝。琰曰：第二弦。邕曰：偶得之耳。故断一弦问之，琰曰：第四弦。并不差谬。"

四弦才断，表示丈夫死后蔡文姬无心弹琴。"恶风吹去"指蔡文姬被匈奴掳去。这几句词比喻世间的奇男女容易被外界突发的灾难摧折，一语双关吴兆骞和蔡文姬的命运。

"万里他乡，非生非死，此身良苦。"这一句取自于吴伟业写给吴兆骞的一首《悲歌赠吴季子》，"君独何为至于此，山非山兮水非水，生非生兮死非死"。纳兰化用过来，又从现实双关回到蔡文姬。"对黄沙白草，呜呜卷叶，平生恨、从头谱。"这几句词所描述的悲惨命运，已让人浑然分不清说的是吴兆骞还是蔡文姬，他们二人的命运已交融在一起。

"应是瑶台伴侣。只多了、毡裘夫妇。"这里的"瑶台伴侣"典出《竹书纪年》，夏桀曾得到琬、琰两位美女，为她们"筑倾宫，饰瑶台"，蔡文姬名琰，所以纳兰用这个典故谓蔡文姬（暗指吴兆骞）应该享有良好的机遇。"毡裘"是北方游牧民族的服饰，"毡裘夫妇"明里是说蔡文姬嫁给了匈奴人，暗里是说吴兆骞夫妇一起被流放宁古塔。多年后，他们的穿着打扮已俨然关外人，语中有不尽凄凉之意。

"严寒觱篥，几行乡泪，应声如雨。"这里的"觱篥"指的是筘管，西域的管簧乐器，状似胡笳，发声悲亢，文中代指蔡文姬所作的《胡笳十八拍》。不管是蔡文姬还是吴兆骞，他们在胡地一住就是数十年，以至于他们的生活习惯与当地胡人无异，但是每当听到边地的乐曲声，还是忍不住流下思乡的泪水。有谁能懂得一个流落边地，且回家无望的人的心声？个中的凄凉意怕是只有苏武才能懂得吧。

"尺幅重披，玉颜千载，依然无主。"如今再重新审视一番《文姬图》，光阴已过千年，但文姬的愁苦凄凉似乎就凝结在这卷绢纸之上，触手可及。纳兰敬文姬的千古才情，更怜她的红颜薄命，这其中还有对吴兆骞的怜惜。

联系到蔡文姬和吴兆骞的命运，纳兰不禁感叹上苍的不公，"怪人间厚福，天公尽付，痴儿騃女"。是的，世间才子佳人多命途坎坷，而那些"痴儿騃女"倒是能安享"人间厚福"，如此纳兰怎能不痛心而怨，埋怨上天不公，给予他们的福分太少呢！

后来也有人认为，这是容若在借古咏自身感情的不幸，"恶风吹去""万里他乡"，似是在暗指初恋情人入宫，慨叹两人之间咫尺如隔天涯。或许纳兰在悲悯友人之际，也联想到了自己坎坷流离的初恋情事，悲叹自己和恋人虽两情相悦，却像文姬一样身不由己，不能主宰自己的命运。

或许纳兰所要表达的，两者皆有之吧。

读这首词，我们可以感受到纳兰的用心良苦，能领略到他将古典和今典互相映射得精彩绝伦的深厚文字功底。只是，纳兰知否，伤情善怨是名士与倾城的宿命之源。

人生南北真如梦

人生南北真如梦,但卧金山高处。
白波东逝,鸟啼花落,任他日暮。
别酒盈觞,一声将息,送君归去。
便烟波万顷,半帆残月,几回首、相思否。

可忆柴门深闭,玉绳低、剪灯夜语。
浮生如此,别多会少,不如莫遇。
愁对西轩,荔墙叶暗,黄昏风雨。
更那堪几处,金戈铁马,把凄凉助。

——纳兰容若《水龙吟·再送荪友南还》

提到友人送别,就会想起王勃的那句"海内存知己,天涯若比邻"。王勃旷达,此句诗屡被后人引用为临别赠言。经过岁月洗礼之后,再读王维的"劝君更尽一杯酒,西出阳关无故人",则心怀戚戚,因为西出阳关再无知音。人生难得一知己,然而很多时候命运却安排我们,爱别离、怨长久。

人生有很多离别和相遇,正是因为有这些离别和相遇,所以才会有了离别的相思和相遇的惊喜,我们的生命也因此才会丰满。

严绳孙（1623-1702年），字荪友，自号勾吴严四，复号藕荡渔人，江苏无锡人（一说昆山人），清初诗人、文学家、画家，与朱彝尊、姜宸英号为"江南三布衣"，著有《秋水集》十五卷。清康熙十二年（1673年），绳孙与年仅二十岁的纳兰相识，结为知己。清康熙十八年（1679年），举博学鸿词科，授翰林院检讨，迁右春坊中允、翰林院编修等。

在这首《水龙吟》中，纳兰所送友人就是长他三十二岁的严绳孙。纳兰曾留绳孙住府邸二年，彼此诗词唱和，"闲语天下事，无所隐讳"。如此忘年之谊，在纳兰一生中并非仅见，由此亦可见纳兰是博爱之怀的"痴情"人。本篇则是为严绳孙南归所赋的赠别之作，与这首词填写的同时，纳兰还有四首诗词赠别严绳孙，故此处说"再送"。如此一送再送，其惜别恋友之情确是罕见，本篇所表达的正是这种怆然伤别的深挚友情。

"人生南北真如梦，但卧金山高处。"纳兰开篇就感慨人生如梦。他和严绳孙是君子至交，虽一为南人一为北人，但地域的差距根本阻挡不了二人的情谊。只要心灵相通，哪怕相隔千山万水，彼此也会在对方的心里。

"金山"山名，在镇江的西北，这里代指严绳孙的家乡。纳兰一直有归隐之思，他的理想就是做一名江湖落落狂生，而现在严绳孙能回到自己的家乡，过自由的归隐生活，纳兰一半是祝愿他，还有一半是羡慕他，这两种情感交集起来，让纳兰由衷发出人生如梦的慨叹。

"白波东逝，鸟啼花落，任他日暮。"纳兰想象着，严绳孙隐居在家乡江南，每天可以望滚滚长江东逝，听莺歌燕语，看花开花落，任凭日出日落、光阴飞逝，这是何等惬意的生活！这样的日子，纳兰做梦都在想，他好想和三五知己一起过这样的生活啊。然而，朋友严绳孙可以回家过这样的日子，而自己呢？自己的出身和职业决定了自己只能被捆缚在皇帝身边，鞍前马后辛劳。

如果说，不能够享受理想的生活，此时若有情投意合的朋友陪伴左右，也不失为一种慰藉。可眼下，朋友要离自己远去，正如王维所说的"西出阳关无故人"，那离别不舍情绪怎能不装满别离的酒樽。就算豪迈旷达的苏东坡，面对离别也无可奈何地高唱"醉笑陪公三万场。不用诉离殇"，所以纳兰叹道："别酒盈觞，一声将息，送君归去。"

纳兰是这般至情至性，那么他的友人严绳孙是什么心情呢？"便烟波万顷，半帆残月，几回首、相思否。"原来他也如纳兰这般难舍难分，相思萦怀，就如柳永在《雨霖铃》中所说，"今宵酒醒何处？杨柳岸，晓风残月"。自古多情伤别离，更何况是纳兰这样为情而痴的人！

"可忆柴门深闭，玉绳低、剪灯夜语。"纳兰回忆起他们往昔深闭柴门，秉烛夜谈，共剪西窗烛的情景，任他斗转星移，时光流逝，这是何等的畅快！人生就是这样，酒逢知己千杯少，话不投机半句多，只要有知心朋友相伴，再黯淡的人生也有光明，再寒冷的冬天也会温暖。只是喜欢的东西常常不长久，知心的人往往不能常相伴。所以纳兰悲观地给出下面一句，"浮生如此，别多会少，不如莫遇"。

纳兰在慨叹，既然上苍赐予了知己相遇的惊喜，为何还要让他们承受离别之苦？早知道离别是这样苦，还不如不相遇。记得仓央嘉措的《十诫诗》里写道：最好不相遇，便可不相聚。可是佛还这样告诉我们：这是一个婆娑的世界。婆娑即遗憾，没有遗憾，给你再多的幸福，也不会体验到快乐。没有离别的痛苦，又怎会有相聚的喜悦。

离别的思念是愁苦的，自古有多少文人骚客抒发离别的苦，李清照是"此情无计可消除，才下眉头，却上心头"，而纳兰是"愁对西轩，荔墙叶暗，黄昏风雨"。离别后，纳兰只能空对轩窗，在风雨黄昏中，思忆与友人的点点滴滴。

然而，人的思绪是复杂的，在这样的离别惆怅之后，纳兰又想起了国事。纳兰是有志男儿，他的理想是能驰骋疆场，报效国家，可是因为自己的出身和职业，导致他没有机会，也没有可能奔赴前线，所以纳兰一直为自己的理想不能实现而苦闷惆怅着。与友人离别的愁绪和理想不能实现的苦闷，两种情感交织在一起，让纳兰的内心更是感到凄凉无助。所以他说："更那堪几处，金戈铁马，把凄凉助。"

当时纳兰填此词时"三藩"刚刚平定，但收复台湾、雅克萨、平定葛尔丹等战事仍在进行中。"金戈铁马"指战争，辛弃疾《永遇乐》中说："想当年，金戈铁马，气吞万里如虎。"这里纳兰能将友情和国事融为一体，使词的境界更为广阔。

"丈夫非无泪，不洒离别间。"有谁会知道，纳兰与严绳孙的这次离别，竟成永别呢！纳兰在填完这阕词一个月后，就溘然长逝了。隔着岁月的长河，纳兰凝聚在词中的这种怆然伤别的真挚友情，依旧打动人心，令人感怀不已！

千古知音纳兰也！

叹一人、知己难觅

长安一夜雨,便添了、几分秋色。

奈此际萧条,无端又听、渭城风笛。

怨尺层城留不住,久相忘、到此偏相忆。

依依白露丹枫,渐行渐远,天涯南北。

凄寂。黔娄当日事,总名士、如何消得?

只皂帽塞驴,西风残照,倦游踪迹。

廿载江南犹落拓,叹一人、知己终难觅。

君须爱酒能诗,鉴湖无恙,一蓑一笠。

——纳兰容若《潇湘雨·送西溟归慈溪》

有一首老歌叫《朋友别哭》,每听一次总会有一股暖流在内心深处缓缓流动。这股暖流循着时光的足迹,一直回溯到三百多年前,让我寻觅到温暖的源头,那个温润如玉的谦谦君子——纳兰容若。

有没有一扇窗/能让你不绝望/看一看花花世界/原来像梦一场/有人哭,有人笑/有人输,有人老/到结局,还不是一样

有没有一种爱/能让你不受伤/这些年,堆积多少对你的知心话/什

么酒，醒不了/什么痛，忘不掉/向前走，就不可能回头望

朋友别哭/我依然是你心灵的归宿/朋友别哭/要相信自己的路/红尘中，有太多茫然痴心的追逐/你的苦，我也有感触

朋友别哭/我一直在你心灵最深处/朋友别哭/我陪你就不孤独/人海中，难得有几个真正的朋友/这份情，请你不要不在乎

……

这首歌似乎是为纳兰而作，这个至真至情的男人，不管是对亲情、爱情，还是友情，他都付出了一腔浓浓的真情。三百多年的光阴流逝，也没能凉薄他的一怀深情，时至今日，再读纳兰的诗词，他的那一怀温暖，依旧在他的文字中温情地流淌。

词中的西溟就是纳兰的忘年交姜宸英，慈溪人，号湛园，以布衣荐修《明史》，与朱彝尊、严绳孙称"江南三布衣"。其尤精于书法，山水笔墨遒劲，气韵幽雅；楷法虞、褚、欧阳，以小楷为第一。其兼精鉴赏，名重一时，家里还收藏着兰亭石刻，至今称姜氏兰亭。

这首词是纳兰的赠别之作，劝慰与不平并行。

"长安一夜雨，便添了、几分秋色。"一层秋雨一层凉，秋本来就是一个令人惆怅的季节，偏偏又下起了一夜冷雨，让人的心不免又添几分凄凉。在这样的季节里离别，那份凄清更是无可奈何地溢满了离人的眼睛。"奈此际萧条，无端又听，渭城风笛。"离别不舍的泪就在眼眶中打转，是谁在此时吹响了离别的风笛，声声催人泪下。

当年，王维送他的友人元二使安西时说道："渭城朝雨浥轻尘，客舍青青柳色新。劝君更尽一杯酒，西出阳关无故人。"从此人们将

此诗又叫做《渭城曲》,用渭城代指别离。

　　人生难得一知己,王维知道,元二西出阳关后将不会再遇到知己;纳兰也知道,姜宸英离开京城后,也不会再遇到知己。他想挽留他,可是人生中有很多无奈,红尘的牵绊使我们身不由己。

　　纳兰由衷地慨叹:"咫尺层城留不住,久相忘、到此偏相忆。""相忘"是相忘鳞之意。语见《庄子·大宗师》:"泉涸,鱼相与处于陆,相呴以湿,相濡以沫,不如相忘于江湖。"后以"相忘鳞"喻优游自得者。眼前的高城阻挡不住你离开的脚步,我们在一起时优游自得之乐,此后便会成为我们思念的往事。我知道,京城官场的污浊并不适合你,我也很向往悠然林泉的生活,可惜我无法自主自己的命运。与其一同受困于污浊,倒不如相忘于江湖,希望你能永远记住我们的情意。

　　"依依白露丹枫,渐行渐远,天涯南北。"路边的树叶小草上挂满了清晨的露珠,我送你一程又一程,可送君千里终须一别,你将渐行渐远,从此我们天各一方。纵然心中是一万个舍不得,也无法做到不相思、不相望,只好任由凄凉和孤寂漫过心扉。

　　姜宸英是江南布衣才子,纳兰知道他此去到江南,过的会是什么日子,于是他不由地想起了春秋战国时著名的名士黔娄的故事。"黔娄当日事,总名士、如何消得?"史书记载黔娄家贫,不肯出仕,隐居,死时衾不蔽体。晋陶渊明《咏贫士》之四:"安贫守贱者,自古有黔娄。"后以黔娄为隐士、贫士的代称。此句是纳兰怜惜姜宸英,就算是名士风流,又怎能禁得起如黔娄这般的清贫。

　　然而,纳兰又转身劝慰起友人"只皂帽蹇驴,西风残照,倦游踪迹"。虽然我们不是黔娄，但也不必非得在官场宦海如履薄冰。倒不如放弃功名，只戴着黑色小帽，骑着一头跛脚驽弱的驴子，在西风斜阳里自由来去，把那些仕途浮名扔到九霄云外。

也许有人会说纳兰矫情，他是饱汉不知饿汉饥。其实，纳兰虽出身相门，又是皇帝身边红人，但他十分厌倦自己的生活，向往做一名风流文人雅士、江湖落落狂生。所以，他对姜宸英的此番劝慰是发自肺腑的真诚。

劝慰过姜宸英后，纳兰不禁又为他的怀才不遇惋惜，"廿载江南犹落拓，叹一人、知己终难觅"。虽然你二十年来在江南久负盛名，但至今仍以疏狂而落落寡欢、难逢知己。千金易得，知己难寻。才高能如何，名盛又怎样？所有人都知道你，却没有人懂你。爱是一种懂得，因为懂得才慈悲。知己可遇而不可求，与其追逐名利，倒不如觅得三五好友，茶禅诗酒歌。

姜宸英才高八斗，却仕途挫折。他一心问鼎功名，屡考屡败，屡败屡考，到七十岁才中得探花。纳兰怕这些挫折对姜宸英会有打击，就宽慰他"君须爱酒能诗，鉴湖无恙，一蓑一笠"，希望他能像贺知章当年隐居鉴湖一样，且醉且歌，洒脱不羁，独钓于江湖之上。

纳兰写给姜宸英的词有三首，每每读来，让人黯然：

何事添凄咽？但由他、天公簸弄，莫教磨涅。失意每多如意少，终古几人称屈。须知道、福因才折。独卧藜床看北斗，背高城、玉笛吹成血。听谯鼓，二更彻。

丈夫未肯因人热，且乘闲、五湖料理，扁舟一叶。泪似秋霖挥不尽，洒向野田黄蝶。须不羡、承明班列。马迹车尘忙未了，任西风、吹冷长安月。又萧寺，花如雪。

——《金缕曲·慰西溟》

纳兰生前和姜宸英有十二年的深厚友情。这十二年中，姜宸英多少次颓然落第，作为挚友的纳兰，又是多少次为他送上细致温暖的关怀。这首《金缕曲》就是纳兰在姜宸英落第时为他送上的一怀慰藉。

纳兰醮满浓墨，饱含深情地对友人说：有什么事情让你这么凄切悲咽？老天就是这样爱捉弄人，随他去吧，你不必因此影响自己的心情。人生不如意事十有八九，自古以来就是这样，但古来几个人认命屈服了？你要知道，福是因为你的才华太过出众而打折了啊。倒不如远离繁华，归隐林泉，独自高眠，吹笛自乐，听更鼓报晓。

大丈夫不要因为求仕不得而急躁，既然求官不成，倒不如乘闲驾一叶扁舟，像范蠡一样泛游五湖。就算有什么心事、眼泪，也应当向三五知己挥洒。不要羡慕那些位列朝堂的人，他们每天的日子是身不由己，如履薄冰啊。那些京城的达官贵人，整日为仕途奔走，没有闲暇过自己想要的生活，不如看开些，任那些人去忙吧。你自己倒可以闲看花开花落，云卷云舒。

全词一气呵成，流畅感人。纳兰的另外一首《金缕曲·姜西溟言别，赋此赠之》，作于康熙十八年的秋天，因姜宸英母亲过世回家奔丧，纳兰作的劝慰词。词作情真意切，令人百转回肠。

康熙二十四年（1685年），纳兰在与姜宸英、朱彝尊、顾贞观等人聚会豪饮后，又作了《夜合花》一词，不久便猝然而逝，年仅

31岁。挚友的突然病故，使姜宸英悲痛欲绝。一连几天，他茶饭不思，泪涕滂沱。姜宸英写了一篇祭文以托哀思："我常对客欠伸，兄不余傲，知我任其真；我时谩骂无问高爵，兄不余狂知我疾恶；激论事，眼瞪舌，兄为抵掌助之叫号。"这是姜宸英与纳兰交往的真实写照，可见二人友谊非同一般。为纪念这位年青的故友，姜宸英与几位文友把纳兰的词作加以搜集整理，编印成册，取名为《纳兰词》，后来一并收入《通志堂集》。

康熙三十六年（1697年），姜宸英70岁始成进士，以殿试第三名（探花）授翰林院编修，第二年，任副主考官，因主考官舞弊，被连累下狱，在狱中自杀。一代才子最后留给世间的作品，竟然是写给自己的一幅挽联：

这回算吃亏受罪，只因入了孔氏牢门，坐冷板凳，作老猢狲，只说是限期弗满，竟挨到头童齿豁，两袖俱空，书呆子何足算也！

此去却喜地欢天，必须假得孟婆村道，赏剑树花，观刀山瀑，方可称眼界别开，和这些酒鬼诗魔，一堂常聚，南面王以加之耳。

当姜宸英为自己写下这幅荒诞凄凉的绝笔时，是否想起当年纳兰曾为他预想的落拓而潇洒的人生——君须爱酒能诗，鉴湖无恙，一蓑一笠。

第五卷

当时只道是寻常

当时只道是寻常

谁念西风独自凉，
萧萧黄叶闭疏窗。
沉思往事立残阳。

被酒莫惊春睡重，
赌书消得泼茶香。
当时只道是寻常。

——纳兰容若《浣溪沙》

入秋了，在秋这样的怀念季节，秋风秋雨更是让人留恋春花秋月的美好。一些人，一些事，就这样随着黄叶舞秋风，任凭你怎么想伸手抓住，它也是从你的指缝中，被光阴无情地带走。留给你的，只有一轮西沉的残阳，和"当时只道是寻常"的感叹。

"谁念西风独自凉"，在这样萧瑟的秋，纳兰又是一个人，茕茕孑立在西风中。他已望着天边那轮西沉的残阳，久久又久久了。秋风吹起他白色长衫的衣角，单薄清瘦的身影，写满了落寞和凄清。

从表妹进宫那天起，他就喜欢一个人面对夕阳沉思发呆。后来，父母为他结了一门亲事，为他娶了两广总督卢兴祖的女儿卢雨蝉为妻。纳兰内心排斥父母的安排，但他是个孝子，他无法违背父母的意愿。

卢氏是个知书识礼的大家闺秀，她知冷知热，每当纳兰在园中出神发呆时，总会帮他披上一件御寒的外衣。今天，纳兰又在风中伫立，良久，他感到了秋风的凉意，可是已经没有人能够为他披上温暖的衣衫了。

"萧萧黄叶闭疏窗，沉思往事立残阳。"蓦然之间，他才发现，落叶萧萧，镂空的雕花窗户早已关闭，原来秋已经来了。他这才想起，关心怜爱自己的结发妻子卢氏，已在那个葬花天气里，永远地离开自己了。

西天残阳如血，绚丽着它最后的灿烂，也弥漫着无尽的悲壮。纳兰的心绪被最后的绚烂，染满了哀伤，他想起了卢氏的点点滴滴。他想起了她的好。不管他夜读到多晚，卢氏都会为他准备好一杯热茶，为他备好一碗夜宵，然后在一旁，默默地做着女红陪伴他；不管他心绪多么低迷，卢氏都会温情地照顾他生活起居，还细心地为他整理好散落的词作……

就这样，纳兰死去的心，被卢氏春风化雨般滋润活了，他重新找到了生命的意义。卢氏的爱，激发了纳兰的创作热情，在这一段时间内，纳兰写出了很多色彩明丽的脍炙人口的词作；在这段时间内，纳兰的事业也有了新的发展，他终于等来了三年一次的殿试，且金榜题名。在殿试中，纳兰的才识被朝中众位重臣认可，康熙皇帝也对这个仅小自己八个月的表弟赞赏有加。纳兰终于凭借自己的实力，博取了属于自己的功名。

这一切，要感谢卢氏对他生活的悉心照顾，让他身体逐步恢复健康；更要感谢卢氏为他寒窗伴读，让纳兰的无数个苦读的夜晚不再寒冷孤独。"被酒莫惊春睡重"，纳兰想起有多少个春夜，他俩兴致高时对坐小酌，直把卢氏喝得酒酣沉睡，这一睡到第二天早晨还没醒。纳兰不忍心叫醒卢氏，还细心地轻手轻脚地为她盖好被子，害怕会惊醒她。

卢氏已逝去多日，可纳兰的心中始终不相信卢氏已亡，他总以为卢氏还在家里的哪个角落忙碌着；他总幻觉卢氏还像往常一样，默默地在自己身边，在自己需要时，会贴心地递上一件外衣，送上一杯热茶；甚至，他还幻觉，卢氏并没有死，她只是像从前和自己喝酒那样，只是醉了，正躺在床上休息。痴心的纳兰，恍惚中还像从前那样，想为她盖上被子，走近才发现床是空的。

"赌书消得泼茶香"，纳兰又在发呆了，他幻觉到卢氏咯咯的笑声，好像还闻见了茶香。赌书泼茶，并不是宋朝词后李清照和她丈夫赵明诚专有，纳兰和妻子卢氏曾经也是这样的一对璧人。纳兰想起了往昔，他和卢氏在书房，面对满书架的书，互相打赌猜某段文字在哪本书哪一页。每次打赌，都是以纳兰服输而告终，并不是纳兰才学不如卢氏，只是面对这样一个博学多才、温婉可人的妻子，纳兰舍不得赢她。

他喜欢看卢氏取胜时高兴的样子；喜欢听她快乐的咯咯笑声；喜欢望着卢氏因为高兴伸手抢茶，而不小心打翻茶杯弄湿衣服的"狼狈"。茶泼了卢氏一身，屋子里撒满了茶香，也撒满了纳兰和妻子卢氏的快乐和幸福。

人世间的事，不能太美满，如果太美满，上天也会妒忌的。或许是因为纳兰和卢氏的婚姻太美满，所以上天无情地将卢氏从纳兰身边夺走。卢氏因为难产并发症而亡，纳兰只和她过了三年幸福生活，就又跌入了情感的低谷。卢氏死后，纳兰的心过了八年的凄惶生活。尽管，父母为纳兰续娶了妻室，但有些人在心中，别人是无法替代的。

纳兰无法忘却卢氏的好，他后悔自己因为表妹而对卢氏的冷落；他后悔自己没有好好珍惜，和卢氏在一起的日子。所以，他不尽悔意地说"当时只道是寻常"。

是啊，人往往就是这样，当自己拥有一份美好时，并不觉得有多美好，总觉得很平常，觉得这样的日子还会有很多，所以就不懂得去珍惜，直到失去才知道可贵。生活的种种珍贵，就是蕴藏在平平淡淡中，就是在看似不经意的一举手一投足里。等光阴吹散记忆的华丽，才发现，岁月在时光的心中留下刻骨的痕迹，往往就是日常生活中那一抹浅浅淡淡的点滴。苏东坡在结发妻子王氏逝去十年后，梦中所见的，也是王氏"小轩窗，正梳妆"的日常生活镜头。

世间没有后悔药卖，人生的每一天都是现场直播，没有彩排，光阴不会让我们重头再来，所谓"满目山河空念远，落花风雨更伤春，不如怜取眼前人"就是这样的道理。我们在"今天"时，从不懂得珍惜身边的人和事，等到"今天"成为"昨天"，又喜欢怀恋往事。总以为走得最急的是最美的时光，其实，那是因为，我们爱上了怀念。

幸福不是得到你想要的一切，而是享受你所拥有的一切，不要等失去时，再感慨"当时只道是寻常"。

人到情多情转薄

风絮飘残已化萍，泥莲刚倩藕丝萦。
珍重别拈香一瓣，记前生。

人到情多情转薄，而今真个悔多情。
又到断肠回首处，泪偷零。

——纳兰容若《山花子》

对纳兰的这句"人到情多情转薄"一直感慨在心。然而，对纳兰的这首词，我却不知该如何去解读。同事介绍我听一首歌《醒来》，一个纯净的童音，似从遥远的混沌初开的世界传来。

从生到死有多远/呼吸之间/从迷到悟有多远/一念之间/
从爱到恨有多远/无常之间/从古到今有多远/谈笑之间/
从你到我有多远/善解之间/从心到心有多远/天地之间/
……

刹那之间悟了纳兰这句"人到情多情转薄",更准确地说,应该是纳兰悟了,所以他接着说"而今真个悔多情"。情深不寿,人生要活得淡定从容,必定要懂得放下。放下名利,放下情爱。对于纳兰来说,一生缠绕放不下的是"情"。然而,虽然纳兰悟了这个道理,却始终做不到放下。他当真悔了自己的痴情?他没有悔,如若他悔了,就不会有这些让人不忍卒读的文字。

纳兰一生为情所累。一个重情的人,必定会被情将自己带入到万劫不复的境地。一个重情之人,往往想要拥有的是一份天长地久。可是,世间的悲欢离合,就像月的阴晴圆缺一样,此事古难全。

他与表妹情深意长,然而,他们相爱却无法相拥,他只能守候在她最近的天涯。初恋的夭折让年轻的纳兰痛不欲生。他的心被表妹带走了,他用夜以继日的忘我工作,来忘却心中的痛。

在纳兰19岁那年,父母为他定了一门亲事。孝顺的纳兰不会拒绝父母的要求,但他在情感上不会接受。所以,在他的结发妻子卢氏刚过门的那段日子里,纳兰对她的态度是不冷不热。那段时间,纳兰常常是通宵达旦地忘我工作,还常常会对着夕阳发呆。从他散落在书房的一些词作稿件中,卢氏找到纳兰冷落她的原因。她知道在纳兰的心中,还活着另外一个女人。

卢氏是个冰雪聪明、善解人意的女子,她没有和纳兰哭闹,而是给予了纳兰无限的同情。她的出现犹如冬夜的一盏明灯,温暖着纳兰孤苦的心,也照亮了纳兰凄冷的人生旅途。卢氏凭借着自己的特有魅力和无微不至的关爱,不仅使得纳兰从情感悲痛中解脱出来,而且还给他的事业带来了巨大的帮助。因为卢氏的到来,纳兰年轻的生命,绽放出了一生中最为蓬勃的生机和活力。在他们琴瑟和谐的那一段时间，纳兰的文字变得活泼而又明丽。因为有爱，纳兰彻底走出了情绪低落、惆怅满怀的心理阴影。

然而，这段美满的婚姻，却遭到上天的妒忌。成婚三年，纳兰刚从情感的沼泽走出，卢氏就因为难产而去世。从此，纳兰的心再次跌入了情感的深渊，不可自拔。

"风絮飘残已化萍，泥莲刚倩藕丝萦。"暮春的柳絮随风飘落在水面，化作水上飘零的浮萍，它想随风再飘起已经不可能了；池中的莲花，被水底的莲藕牵绊着。纳兰以柳絮、莲藕自喻自己对卢氏的难以割断之情。虽然卢氏已经去世，可纳兰的心一天也没有忘记她。和卢氏生前那段美好往事，就像一瓣芬芳的花瓣，珍藏在纳兰心里，在纳兰的世界里永远弥香。因此，纳兰说："珍重别拈香一瓣，记前生。"

正因为纳兰在卢氏身上投入了太多的情感，所以他的心里无法再容入别人。视而不见别的美，生命的画面停格在你的脸。明明知道，伊人已去，人生还有很长的路要走，自己不应该沉溺在过去的情感中。可是，痴情的纳兰就是无法从往事中走出。面对父母为之续娶的继室，他不是不想去爱，而是无法去爱；不是他不愿意开始新的生活，他也想忘记旧情，开始新的情感，可是往日的美好就如施了魔法的绳索，将他牢牢捆缚。

说一个人的心大，大得可以容得下天下；说一个人的心小，小得却只能容下一个人。纳兰的继室官氏，据说也是个贤惠之人，她对纳兰，对卢氏的孩子都很好。然而，纳兰却无法将心放在她身上，因为生命中有些人别人无法替代。纳兰对她能没有歉疚之情吗？应该有，因此纳兰说："人到情多情转薄，而今真个悔多情。"他说，他给予了卢氏太多的深情，因而做不到将同样的情感赋予后来者。因为给卢氏太多的深情，以至于卢氏死后，自己一直深陷其中，不可自拔。早知道会有今日，真不该当初付出太多的情感。

纳兰话这样说，可是他真的悔了吗？不，他没有后悔，明明知道爱情是一条不归路，纳兰还是义无反顾投入其中。倘若纳兰真的悔了，他怎会"又到断肠回首处，泪偷零"！世上走得最急的，总是最美好的时光。所以，纳兰回首曾经的美好，总是用眼泪伴随其中。

纳兰明白多情之苦，以为如果当初少一份情感，今天就会少一份牵挂，也不至于时过境迁依然是"泪偷零"的结果。生命中有无数次的相遇，当那个能温柔你岁月的人到来时，你想拒绝都没办法拒绝。他有足够的耐心来包容你，他有足够的耐心来等待你，他有足够的耐心来疼爱你。所以，面对这样春风化雨般的温情，就是一颗冰冻的心，也会被融化，融化成涓涓细流。

倘若，爱也能控制，那么祝英台就不会在梁山伯坟开的刹那，纵身而入；那么唐婉就不会因为陆游的一阕《钗头凤》，而丢了性命。因此，多情的纳兰，面对卢氏的一怀温柔，他是无论如何也无法抗拒。更何况，是卢氏为纳兰的情感世界带来了春天，是她为纳兰的人生路，点亮了一盏温暖的明灯。

人生苦短，世事无常。从生到死，就在呼吸之间；从迷到悟，就在一念之间；从爱到恨，就在无常之间；从你到我，就在善解之间。所以，当爱来时，我们不必刻意克制自己的情感，顺其自然。当那个能温柔你岁月的人出现时，活在当下，别问是劫还是缘。

只向从前悔薄情

泪咽却无声,只向从前悔薄情。
凭仗丹青重省识,盈盈,一片伤心画不成。

别语忒分明,午夜鹣鹣梦早醒。
卿自早醒侬自梦,更更,泣尽风檐夜雨铃。

——纳兰容若《南乡子·为亡妇题照》

殡亲之痛的彻骨,没有经历过的人,是无法感同身受的。三百多年前的绝世才子纳兰容若,在经历殡妻之痛后,因刻骨的思念,想为亡妻画像,却在一片伤心之中,无法落墨。"泪咽却无声",倘若能号啕大哭出来,那种伤心反而有治愈的希望,恰恰是哭不出声的流泪,则已伤到骨髓。

纳兰在妻子卢氏亡故后"泪咽却无声",由此说明,纳兰早已痛断肝肠,气若游丝。他已经连号啕大哭的力气都没有了。在无尽的思念中，他回忆起与卢氏的点点滴滴，许多心痛悔恨涌上心头。"只向从前悔薄情"，纳兰是个多情公子，可他却说自己薄情。他不是薄情，只是在新婚之初，他的内心还深藏着初恋情人，他无法从夭折的初恋中走出，所以，刚开始他对卢氏会表现出冷漠。

卢氏是个贤惠女子，通情达理、善解人意，是她的温柔善良，渐渐融化了纳兰冰冻的心。她的到来，给纳兰的生活带来了新的生机与活力。因为卢氏，纳兰渐渐走出了情殇，开始了和卢氏鹣鲽情深的恩爱生活。

他们都还很年轻，本来以为，日子还有很多很多，他们有大把大把的光阴可以用来天长地久。可是，有谁会知道，上天太善妒了，他妒忌别人的美满，年轻的卢氏年仅21岁，就因难产而死。刚刚过了三年美满生活的纳兰，从此又跌入了黑暗的深渊。

纳兰是康熙的御前侍卫，康熙喜好巡游，每次出巡必钦点纳兰跟随左右。所以，纳兰的工作是繁忙的，与卢氏聚少离多。因此，纳兰在妻子亡故后，内心深深地陷入了悔恨之中，他后悔没能对妻子再好一些，他后悔因公务没能多陪陪妻子。纳兰不喜欢自己的职业，他也想陪着卢氏守在温暖的家里，可是皇命不可违，他无法左右自己的命运。因此，此时纳兰失去卢氏的悔恨，使他更加厌恶自己的官宦生涯。

"凭仗丹青重省识，盈盈，一片伤心画不成。"卢氏永远定格在年轻的21岁，纳兰很想将她美丽的身影永恒在画面中。他提起画笔，却无法落笔，因为泪水模糊了他的双眼，思念的疼痛，让他心碎难安。提起笔，眼前浮现的是卢氏盈盈的笑脸：她那如黛的双眉，含烟的明眸，丰润的红唇，还像生前一样，似乎有说不完的情话要和纳兰说。可纳兰清楚地知道，卢氏只能永远活在他的记忆中了，再也无法真实地来到他眼前，他们只能在梦中重逢。

"别语忒分明，午夜鹣鹣梦早醒。"也许他们也曾和唐明皇、杨贵妃一样，曾经有过"在天愿为比翼鸟，在地愿为连理枝"的誓言。可这样的誓言现实中再也无法实现，他们只能在梦中相拥。世间走得最急的总是最美好的时光，有时就连梦也不肯多留一会儿。夫妻恩爱的美梦真舍不得醒来，可梦偏偏在你难舍难分时惊醒。那离别的话语似乎就在耳边，睁开眼，才发现泪湿枕巾。

梦啊，你为什么不能多留一会儿？哪怕就多留一会儿，让纳兰多享受一点妻子的温存也好。可是，为什么连梦都是这样残酷呢？纳兰的心被妻子带走了，在这世间他仅剩一个躯壳还活着。他的精神世界空了，只有他的肉体还在履行着义务和职责。这样生不如死的生活什么时候才是个尽头啊，纳兰是多么希望能重新开始生活，重新走进爱的春天。这样的希望是渺茫的，没有人能代替得了卢氏，没有人能像卢氏那样，给纳兰的情感世界带来春的绿色。

纳兰在痛苦中向卢氏倾诉"卿自早醒侬自梦，更更"。纳兰想象着，妻子的早逝或许是脱离苦海。她已经醒了，可自己仍然在苦海中饱受煎熬，仍沉浸在无尽的思念之中，仍渴望在梦中与妻子再续前缘。这一句是纳兰的怨苦转生出的离世幻念，自己真想也随妻子一起，离开这了无生趣的无味人间。

"泣尽风檐夜雨铃"，这一句化用典故。马嵬坡兵变后，杨贵妃被缢死，在平息安史之乱后，唐明皇北还。一路上凄风苦雨，吹打在皇帝銮驾的金铃上,唐明皇想起与杨贵妃的往事,写下一首《雨霖铃》悼念杨贵妃。唐明皇对杨贵妃思念难耐,曾托方士为杨贵妃招魂,期望能通过这样的方式,再见杨贵妃一面,白居易在《长恨歌》中为此写道"上穷碧落下黄泉,两处茫茫皆不见"。纳兰在此处用这个典故,表明自己虽然肉体存在,但心已经死了。

纳兰词以情为根本,真挚感人。纳兰因对卢氏的爱而忘却自我,他将整个生命投入到对卢氏的深深怀念之中。字字缠绵悱恻,句句凄婉动人,令人不忍卒读。也许在此时,纳兰终于明白"满目山河空念远,落花风雨更伤春,不如怜取眼前人"。因此,这世间,很多事不能等,为了让人生不留遗憾,或者少留遗憾,我们要活在当下,珍惜眼前的人和事。人生没有彩排,失去了,就再也回不到从前,而来生也许不会再见。

爱情不能等,爱一个人如果不去表达,很可能会错过,错过的时光不会倒流。人生不能用来虚掷,不能用来等待,不能以为还会有很多很多的机会,否则,你会为蹉跎的岁月而后悔感伤。

衔恨愿为天上月，年年犹得向郎圆

（丁巳重阳前三日，梦亡妇淡妆素服，执手哽咽，语多不复能记，但临别有云："衔恨愿为天上月，年年犹得向郎圆。"妇素未工诗，不知何以得此也。觉后感赋。）

瞬息浮生，薄命如斯，低徊怎忘。
记绣榻闲时，并吹红雨；雕阑曲处，同倚斜阳。
梦好难留，诗残莫续，赢得更深哭一场。
遗容在，只灵飙一转，未许端详。

重寻碧落茫茫。
料短发，朝来定有霜。
便人间天上，尘缘未断；春花秋叶，触绪还伤。
欲结绸缪，翻惊摇落，减尽荀衣昨日香。
真无奈，倩声声邻笛，谱出回肠。

——纳兰容若《沁园春》

不知道有多少人尝过"更深哭一场"的滋味？读纳兰的这首《沁园春》，只这一句词，便已让人唏嘘不已。大凡尝受过相思滋味的人，就会懂得这其中况味的酸楚和刺痛。你深深地思念着某个人，夜深人静时，那个人的音容笑貌就会浮现在你眼前；这个人会和从前一样，对你温柔细语；每一个眼神都流露着对你的疼爱，每一次举手投足之间，都流淌着对你的温情。可是现实中，这个人已离你远去。当你清醒地意识到，这只是一种幻觉时，那种剜心的疼痛，会痛得令人窒息。那时，你所能做的，只有更深哭一场。

人生短暂，瞬息即逝，可就在这短暂中，那个人已与你相隔天涯。你满心期待能与伊人天长地久，可任由你怎么挣扎都抵不过宿命的安排，你只能眼睁睁地看着命运之神带着伊人远走。伊人远去，可她的一颦一笑，却永远停格在某一刻，在你的脑海里萦绕回荡。

三百多年前的绝世才子纳兰容若，在他23岁那年，与他鹣鲽情深的妻子卢氏因难产去世了。妻子去世三个月后，在丁巳重阳前三日，纳兰在梦中与妻子相顾无言，惟有泪千行。于是他在更深哭一场后写下这首《沁园春》。

"瞬息浮生，薄命如斯，低徊怎忘。"纳兰感叹妻子永远停格在21岁这样的青春年华。人生易老，红颜薄命，苏东坡对结发妻子王弗是"不思量，自难忘"，而纳兰对结发妻子卢氏是"低徊怎忘"。

纳兰对亡妻的思念萦绕在心间，他思忆起与卢氏的恩爱生活。"记绣榻闲时，并吹红雨；雕阑曲处，同倚斜阳。"这是一种怎样的浪漫和快乐！一个青春靓丽，一个玉树临风，他们互相依偎，坐在绣榻上，吹着飞舞的花瓣；他们一同倚在栏杆的拐弯处，共同欣赏黄昏的景色。和往日的欢乐相比,现在的纳兰是多么得孤单与愁苦啊。

人生最大的痛苦莫过于生离死别,拥有时总觉得日子可以山长水长,时光可以多得让我们虚掷,可世间走得最急的往往是那样的快乐时光,等我们失去时,只能用怀念来挽留那段岁月的甜蜜。想你时你在天边,想你时你在眼前,想你时你在脑海,想你时你在心田。纳兰怀想卢氏时,只能在梦中相见。

"梦好难留,诗残莫续,赢得更深哭一场。"阴阳相隔的两人终于在梦中相会。伊人徐徐入梦,然而,好梦却总是那样容易被惊醒,梦中那么多离别重逢的情语,无法一一述说,只记得伊人临别赠言:"衔恨愿为天上月,年年犹得向郎圆。"卢氏的一片深情溢于其中,两情相悦却不能相拥长久,这样的痛,让梦醒后的纳兰不忍卒读卢氏的赠言。心中隐忍压抑多日的痛苦,在梦醒后,让纳兰忍不住大哭一场。

男儿有泪不轻弹,只是未到伤心处。

"遗容在,只灵飙一转,未许端详。"悲莫悲兮生离别,倘若是生离,那还有相见的机会,可纳兰所面对的,是再也无法重逢的死别。卢氏温婉的容颜,犹在眼前,纳兰多么想再仔细地端详一眼,可是灵飙(指轻灵的风,这里比喻妻子在梦中的身影)一转,他还没来得及细看,卢氏的身影就不见了。现实残酷得连梦都不能满足纳兰的要求。

"重寻碧落茫茫"出自唐朝白居易《长恨歌》中的"上穷碧落下黄泉,两处茫茫皆不见",指的是唐明皇在杨贵妃死后,一度相思成疾,他请方士为杨贵妃招魂,可是上天入地都找不到杨贵妃的魂魄。

词中指的是，纳兰在梦中与卢氏相见后，不忍再与卢氏离别。

如果，这世间真的有灵魂，纳兰一定会尾随卢氏而去；如果，这世间真的有黄泉，纳兰也一定会不辞辛苦去寻找她。所以在卢氏身影消逝后，纳兰的心紧紧跟随卢氏寻觅而去。可是，人鬼殊途，无论纳兰是怎么撕心裂肺地呼喊她，无论纳兰是怎么跋山涉水寻找她，就是寻不见卢氏的踪影。

纳兰很想再见妻子，可是却又担心卢氏看到自己憔悴的样子会心疼。苏东坡生性旷达，他是在妻子离世十年之后，才"尘满面，鬓如霜"，而我们的容若是个深情执著的男子，他因为相思，几乎一夜白头。

"料短发朝来定有霜。"那一夜的相思是何等的愁苦，何等的绵长啊，李白说："白发三千丈，缘愁似个长。"容若啊，你有多少心血可以经得住如此夜夜相思？情深不寿，难怪你的生命在31岁这样的锦绣年华就戛然而止，你是为情熬尽了心血。

"便人间天上，尘缘未断；春花秋叶，触绪还伤。"容若知道，这样的相思苦，不仅仅是他一个人在受煎熬，身处另一个世界的卢氏也同样在思念自己，否则她怎么会夜深托梦而来？又怎么会在梦中与自己哽咽互诉衷肠？卢氏死了，永远地离开了自己，可眼前的每一朵盛开的春花，每一片飞舞的落叶，都会勾起自己对往昔美好生活的怀念。物是人非事事休，欲语泪先流，这样的日子什么时候才是个尽头！

"欲结绸缪，翻惊摇落"，一对恩爱夫妻，本想白头偕老，生死相依，可是妻子却像一片落叶一样悄然陨落了。尽管痴情的纳兰不相信妻子的离去,他苦苦地和命运做抗争,但现实是残酷的,它根本不管你的心是伤痕累累,还是千疮百孔,它也不管你的心能否承受巨大的打击,它只管冷漠地在你的心上刻写着"残酷"二字。因此,年轻的纳兰才会"减尽荀衣昨日香"。

这里"荀衣"有两个典故。一是东汉荀彧嗜爱香气,随身带香囊,所坐之处,香气三日不散;二是《世说新语·惑溺》中记载:荀奉倩与妇至笃,妇病亡,痛悼不已,岁余亦亡。这两个典故合用,说明卢氏死后,纳兰已形槁心灰,憔悴不堪。不知为什么,读到此处,便有一种预感,预感到纳兰会不久于人世。一个人,为一段情付出了全部心血,时常为之"瘦尽灯花又一宵",试问,一个人心中能有多少血泪,可以经得秋流到冬尽,春流到夏。

"真无奈,倩声声邻笛,谱出回肠。"这里"邻笛"也是一个典故。魏晋之间,向秀经过友人旧庐,闻邻人奏笛,感怀亡友,作《思旧赋》来悼念。而纳兰此时抒写的,也正是令人断肠的伤心曲。

最早的悼亡诗可以追溯到《诗经》中的《邶风·绿衣》:

绿兮衣兮,绿衣黄里。心之忧矣,曷维其已!
绿兮衣兮,绿衣黄裳。心之忧矣,曷维其亡!
绿兮丝兮,女所治兮。我思古人,俾无訧兮!
絺兮绤兮,凄其以风。我思古人,实获我心!

虽然《诗集传》和《毛诗正义》皆认为"庄公惑于嬖妾,夫人庄姜贤而失位,故作此诗",但后来人认同较多的解释是:"一个男人，失去相濡以沫的妻子以后作的哀歌。"遗憾的是，悼亡词在《绿衣》之后，就一直沉寂了千年，直到潘岳所作《悼亡诗》三首出世。

潘岳就是历史上著名的大帅哥潘安，小字檀郎。都说男子多薄幸，尤其是美男更是花心，而在潘安这里却是个异数，他不但姿容绝世，对妻子杨氏更是一等一的深情。他的《悼亡诗》，让人一改美男花心的普遍观感。

悼亡词写得流光溢彩的还有唐朝的元稹。"曾经沧海难为水，除却巫山不是云。取次花丛懒回顾，半缘修道半缘君。"这是他写给妻子韦丛的悼词。然而，元稹却是个"人格分裂者"，他一方面为妻子写下这样感人至深的悼词，一方面与才女薛涛、刘采春上演你侬我侬的戏码。他为了仕途，对初恋情人莺莺始乱终弃，还写了一部自传性质的《莺莺传》，被鲁迅骂作"惟篇末文过饰非，遂堕恶趣"。

千古第一悼亡词当数苏东坡的《江城子》：

十年生死两茫茫，不思量，自难忘。千里孤坟，无处话凄凉。纵使相逢应不识，尘满面，鬓如霜。

夜来幽梦忽还乡，小轩窗，正梳妆。相顾无言，惟有泪千行。料得年年肠断处，明月夜，短松冈。

——宋·苏轼《江城子·乙卯正月二十日夜记梦》

苏东坡是自李白之后的旷世奇才，他多情亦旷达，为悼念亡妻，曾亲手在亡妻坟前栽种了三万棵雪松。而纳兰此首《沁园春》并不输于史上的四大悼亡词。和《绿衣》相比，他多了一份哀绝；和潘安的

《悼亡诗》相比,他多了一份忘我;和元稹的《离思》相比,他多了一份真挚;和苏轼的《江城子·乙卯正月二十日夜记梦》相比,他更多的是一份凄凉。

因此,世间有情郎中,当数纳兰的真情最可贵。爱情是对等的,就算卢氏性情再好,就算她再通情达理,如果纳兰不是一个至情至性之人,卢氏也不会对他如此深情不渝。

第六卷
不辞冰雪为卿热

夜深微月下杨枝

挑灯坐,坐久忆年时。
薄雾笼花娇欲泣,夜深微月下杨枝。
催道太眠迟。

憔悴去,此恨有谁知?
天上人间俱怅望,经声佛火两凄迷。
未梦已先疑。

——纳兰容若《忆江南》

爱,可以让人在瞬间春暖花开,爱人的离去,会让人的心于一夜之间萎落。萎落是什么滋味?是一种"挑灯坐,坐久忆年时"的落寞,是伍子胥一夜白头的凄凉;那是爱意融到骨血方能体味到的滋味。

康熙十六年,纳兰遭遇了他人生最残酷的一次打击。陪伴他度过三年幸福时光,他一生最钟爱的女人——妻子卢氏永远地离开了他,从此纳兰的人生陷入了痛苦的黑暗之中。他不相信卢氏就这样离开了他,日子总是在"未梦已先疑"中度过。他始终固执地以为妻子只是像往常一样睡着了，他无数次沉浸在与妻子重逢的梦中。

古代有礼制，人去世后不会马上下葬，得停灵。有地位的，可能停在寺庙里，停灵时间越长，越说明死者身份尊贵，也说明活着的人对死者的依恋。古代皇帝最尊贵，天子一般停三年，亲王停灵一年，郡王七个月。平民百姓根据经济条件，由三天到四十九天不等。卢氏于康熙十六年五月去世后，直到康熙十七年七月才葬于皂荚屯纳兰祖坟，其间灵柩暂厝于双林寺禅院一年有余。这不符合当时的礼制，但只能说明是纳兰对妻子的无尽留恋。

据《日下旧闻》《天府广记》等记载，双林禅院在阜成门外二里沟，初建于万历四年。容若在这一年多时间里，不时入寺守灵。他在双林寺里写下的悼亡词，除了《双调望江南·宿双林寺禅院有感》两阕之外，还有《寻芳草·萧寺记梦》、《青衫湿·悼亡》和《清平乐·麝烟深漾》。根据第一阕《忆江南》词中"淅沥暗飘金井叶"的句子，大致可以推断出此词应当作于康熙十六年秋天，卢氏已经过世好几个月了。

那一次，纳兰又夜宿双林禅院。妻子的灵柩就在寺庙里，纳兰不想睡去，也睡不着，他想就这样坐着，陪陪妻子。"挑灯坐，坐久忆年时。"寺庙里昏黄的油灯，映照着纳兰孤独寂寞的身影。他只要一个人时，总会不知觉地思忆起与妻子的甜蜜往事。不知道纳兰这样孤坐了多长时间，他想起从前也是在这样的时候，自己埋头工作，妻子一直陪伴在身边。

记得当时的情景是"薄雾笼花娇欲泣，夜深微月下杨枝"。夜深了，薄薄的一层雾气笼罩着绽放的春花，花影朦胧，沐浴着夜露的花瓣，似美人娇艳欲泣的面容。夜深沉，月亮也已经落下杨柳枝头，而妻子则总会在这个时候心疼地提醒自己：夜深了，还是早点休息吧。一句"催道太眠迟"，饱含了卢氏对纳兰多少的温情和呵护。正是因为卢氏的款款深情，纳兰才会对她无比眷念，且念念难忘。

"憔悴去，此恨有谁知？"从今以后，夫妻天人永隔，相思相望却不能相亲相守，纳兰只能从记忆的碎片中搜寻妻子的点点滴滴。彻骨的思念无情地吞噬着他的心。有谁知道，纳兰心中失去爱人的悲苦？"问世间、情为何物？直教生死相许。"此刻的纳兰，就像失偶的孤雁一样，凄苦彷徨。他只有通过手中的笔，来宣泄对爱妻的永恒追忆。

纳兰沉溺在对亡妻的深深思念之中，他不愿相信眼前发生的这一切是真的，他始终固执地以为妻子只是像往常一样睡着了。所以，一有空他就到双林禅院来陪伴亡妻，就像卢氏还活着一样。

"天上人间俱怅望，经声佛火两凄迷。"纳兰知道，虽然自己和卢氏相隔一道无法逾越的界限，但妻子在另一个世界，也同自己一样，在深深地思念着对方。在梦中，卢氏与纳兰依依惜别时，曾无比眷念地对他说："衔恨愿为天上月，年年犹得向郎圆。"

恍恍惚惚中，纳兰总觉得妻子就在身边，可是等他想伸手拥抱她时，妻子却不见了。这时，寺庙里和尚念经声、敲木鱼声，隐隐约约从窗外传来。原来，天已微亮，已是第二天凌晨。而纳兰又这样枯坐了一夜。

纳兰似醒非醒，似梦非梦。天亮了，寺院凄迷的佛火和和尚念经声，交融在一起，更使人增添惆怅情绪。他想不明白，妻子明明在身边,怎么转身不见了?这到底是真的还是假的?"未梦已先疑",这种幻觉持续了纳兰的后半生。

他在《寻芳草·萧寺记梦》中写道:

客夜怎生过?梦相伴、倚窗吟和。薄嗔佯笑道,若不是恁凄凉,肯来么?

来去苦匆匆,准拟待、晓钟敲破。乍偎人、一闪灯花堕,却对着琉璃火。

从词意中可知,纳兰又是一夜未眠,他又在似梦非梦中与妻子相遇。梦中妻子还和生前一样与他倚窗吟和,薄嗔佯笑中饱含了对他的深切关怀和殷殷爱意。一句"若不是恁凄凉,肯来么?"尽显夫妻间甜蜜的轻松调侃。明明知道这是梦,这是幻觉,可是纳兰还是像鸵鸟一样,不敢面对现实。直到天亮了,寺庙的晨钟响起,纳兰才清醒过来,发现连梦都是这样来去苦匆匆,自己面对的是"乍偎人、一闪灯花堕,却对着琉璃火"。

纳兰词的凄婉,是发自肺腑的深情,他的好友顾贞观说:"纳兰词一种凄婉处,令人不忍卒读"。妻子卢氏对他心疼不舍,就算是你我在三百年后,再读纳兰词,还是会为纳兰词中流淌的感伤而心痛。

纳兰的心境遭遇,颇似《红楼梦》中贾宝玉。据说乾隆皇帝在看完《红楼梦》后大笑:"此乃明珠家事也。"此语并非空穴来风。书中宝玉为黛玉之死悲伤,戏曲中三声"林妹妹我来迟了……"让人撕心裂肺。百转千回之后,宝玉再无牵挂出家做了和尚。纳兰虽未出家，但自从表妹进宫，又添卢氏之丧，他早就心灰意冷，也有遁入空门的倾向。他在另一首《忆江南·宿双林禅院有感》中写道：

心灰尽，有发未全僧。风雨消磨生死别，似曾相识只孤檠，情在不能醒。

摇落后，清吹那堪听。淅沥暗飘金井叶，乍闻风定又钟声，薄福荐倾城。

"心灰尽，有发未全僧。"就词意本身看来，容若已心灰意冷，也确有撒手红尘之意。但他除了对爱情忠贞，对友情真挚，对高堂也是十分孝顺。他有担当，有责任感，面对年迈高堂他要尽人子之孝，对年幼稚子，他要尽人父之责。他想追随妻子而去，但现实让他连为妻殉情的自由都没有。他只能衔着遗憾，抱恨终日，他只能日夜独自活在沉痛的哀思里。

卢氏的确是已经不在人世了，他不敢相信，不愿相信，可现实就是这样残酷，不管你的心是否已千疮百孔，不管你的心能否承受，都无比冷漠无比残忍地摆在你面前。秋风秋雨萧瑟，草木萧条，枝叶摇落，秋日黄昏近。纳兰的眼里看见的都是萧索零落，耳边听到的只有凄冷清凉。此情此景，让人觉得了无生趣，他真想问一问，这世间是否真的有灵魂，如果有，他愿意相随她于九泉。

红颜薄命，情缘已逝，想追寻那逝去的前尘旧事，想伸手抓住昔日的甜蜜温馨，纵然是情深似海，也是万般凄凉无助。千头万绪，纳兰也只能化入词中。一点相思，三千烦恼，想卸去竟是不可言说的沉重。

"情在不能醒"，容若何尝不解其中玄机？只是他执迷于情，不可自拔，他情愿为情生死相许。他不是不想自拔，不是不想重新开始新生活，而是人在其中，心不由己。

荼蘼花开春事了。爱到荼蘼，便是心落成灰。

容若的心已化为灰烬，在他尘封的四季里飞扬。

爱到刻骨，已无心。

不辞冰雪为卿热

辛苦最怜天上月,一昔如环,昔昔都成玦。
若似月轮终皎洁,不辞冰雪为卿热。

无奈尘缘容易绝,燕子依然,软踏帘钩说。
唱罢秋坟愁未歇,春丛认取双栖蝶。

——纳兰容若《蝶恋花》

在多情善感人的眼里,春花秋月、山河落日和人一样,都是有情感的。

李煜说:"春花秋月何时了,往事知多少?"

李白说:"举杯邀明月,对影成三人。"

苏轼说:"但愿人长久,千里共婵娟。"

在诗人的眼里是"天若有情天亦老"。天会老吗?日月星辰、宇宙苍穹,它们都是永恒的物质,没有情感,永远也不会老。可是,在纳兰容若的眼里却是带上了情感色彩——"辛苦最怜天上月"。

纳兰用怜惜的心去看月亮,他以为月亮"一昔如环,昔昔都成玦"太辛苦太忙碌了。环指的是圆形的美玉;玦指的是如环而有缺口的玉佩。月亮为了每月十五的圆满,它不辞辛苦地日夜运转着,只为等候圆满的那一天。因为有期待,所以它无畏劳苦。

由此,我想到了月宫中的嫦娥。碧海青天夜夜心,嫦娥用一年的寂寞等待,只为在八月十五那一夜,遥寄对人间的思念。那如泻的清辉,是她的深情在拨动的琴弦中流淌;那纷落的桂子,是她为后羿摇落的绵绵相思。在常人眼里,这月就是嫦娥,嫦娥就是天上月。但是在纳兰的眼里,这月并不是嫦娥,而是与他恩爱缠绵,却已离他远去的妻子卢氏。

古人常用月的阴晴圆缺来象征人的悲欢离合,所以纳兰在这里说月,实际是说人。说的是以前自己出入宫禁,常随皇帝出巡,与妻子卢氏是聚少离多,没有时间好好地陪伴她,而现在卢氏的早逝,给自己留下终生的遗憾和难以磨灭的痛苦。和月亮相比,月毕竟每月还有一次圆满的机会,所以,就算辛苦也值得了,而自己与卢氏,再辛苦也不会有一个月一次的圆满。永远都没有可能与妻子相聚,这才是纳兰真正无法言说的苦楚。

纳兰在《沁园春》一词的小序中曾写道:"丁巳重阳前三日,梦亡妇澹妆素服,执手哽咽,语多不复能记,但临别有云:'衔恨愿为天上月,年年犹得向郎圆。'"卢氏逝后托梦于纳兰,如果可以,自己愿为天上月,能夜夜为他皎洁,年年为他团圆。所以,每当纳兰怀念卢氏,心中无着落时,就会仰望天上的月亮,心中对着月亮说:

"若似月轮终皎洁,不辞冰雪为卿热。"这天上的明月果真是你吗？倘若真的是你的化身,我一定不怕冰雪严寒,为你捂一怀温暖。

"不辞冰雪为卿热",这是纳兰对卢氏爱情的最悲壮的回答。这里引用《世说新语·惑溺》中典故,说的是魏晋时名士荀奉倩与妻子曹氏十分恩爱,有一年寒冬腊月,妻子曹氏不幸得了重病,高烧不退。荀奉倩就在冰天雪地里脱光衣服,让风雪吹打自己的身体,然后再回去用冰冷的身体来给妻子物理降温。可惜的是,这样的深情也没能挽回妻子的生命,不久曹氏去世了,而荀奉倩也因受了风寒而病重,没多久也去世了,死时年仅二十九岁。后来人们常用这个典故形容夫妻恩爱或者悼亡。

《世说新语》编进这个故事时,认为荀奉倩是被诱惑了,认为这样的爱情不可取,就写在《惑溺》里。其实,爱情和婚姻里,没有谁付出的多或者谁付出的少,重要的是心灵的契合,情意的相通,因此纳兰才会重重写下这句"不辞冰雪为卿热"。纳兰清楚地知道,妻子的生命已不能挽回,所以他说"无奈尘缘容易绝"。

往往在人痛苦的时候,一些欢乐的情景反而会更使人感伤。从梦想到现实,当纳兰的一切幻想破灭后,他从内心感叹世间有情人的情缘最容易伤逝。偏偏此时不懂忧愁的燕子,依然摆动着轻灵的身子双飞双栖,轻轻地踏在帘钩上,细语呢喃。睹物思人,"燕子依然,软踏帘钩说"的场景,更是勾起纳兰对往昔与妻子甜蜜时光的回忆。宋朝词人晏几道在思念初恋情人小蘋时曾写道:"落花人独立,微雨燕双飞。"词人站在落花烟雨中,丧魂失魄般思念情人小蘋,相互依偎的双飞燕子,更是衬托出词人的形只影单,孤独凄苦。

佛曰：前世五百次的回眸，才换得今生的一次擦肩而过；千次万次的回眸，才换得在你面前的一次驻足停留。千年修行，换得一世情缘，然而，纳兰与卢氏在一起的时光，仅仅只有三年。纳兰怎么能甘心，用千年的修行就换得今生三年的团聚？他不甘心就此失去，可是不甘心又能怎么办？他给了自己回答："手写香台金字经，惟愿结来生"。只有佛教才相信前世今生。纳兰希望在来生与卢氏重新相逢，再做一生知己。

"唱罢秋坟愁未歇，春丛认取双栖蝶。"这是容若对亡妻的倾诉，表达了他的一片痴情。纳兰在卢氏坟前悲歌当哭，纵然是唱罢了挽歌，内心的思念之情依然无法消解，他甚至幻想着要与妻子的亡魂双双化蝶，在灿烂的花丛中，双飞双舞，永不分离。可是任纳兰怎么呼唤，妻子都永远不可能再回来了。

"春丛认取双栖蝶"指的是梁祝的故事。活着时不能相守，来生要化作蝴蝶双栖双飞。纳兰也和梁祝一样，无法左右自己的命运，只有把希望寄托在来世。他还感慨，"知己一人谁是，已矣，赢得误他生"。知己永远离开了自己，留在人间的纳兰只能等待，等待来生再相逢。

化蝶之说，历代文人词作中常见，但最感人的，最真切的，莫过于纳兰。

有人这样评价纳兰："以承平贵公子，而憔悴忧伤，常若不可终日，虽性情有独至，亦年命不永之征也。"意思是早早出现不长寿的征兆。初恋的夭折，掏空了纳兰的心；卢氏的逝去，更是让纳兰痛不欲生。哀莫大于心死，纳兰如此的忧伤，显示出他不能长寿的征兆。

情深不寿！一个人太多情太执著容易抑郁，难以长寿。倘若卢氏灵魂有知，她愿意纳兰沉溺于思忆她的哀伤之中吗？不，她不会，她要是知道纳兰如此哀伤，会心疼的。她希望纳兰好好地活着，照顾好他们的儿子。她自己无法亲眼看着儿子长大，她希望纳兰能代她履行义务，不能让儿子失去母亲之后再失去父亲。可是纳兰能做到走出过去吗？他也想，只是他的秉性让他无法做到。

如纳兰这般深情的男子，在世间已属珍稀物种。一个女人，能嫁一个愿意用一生时间为自己画眉的男人，实属上苍的眷顾。可是世间没有十全十美的事情，上苍往往是给你一个慰藉，再送给你一个打击。也许正是因为卢氏嫁得纳兰这样的如意郎君，才会遭到了天的妒忌，所以它过早地剥夺了卢氏的生命，留给纳兰一个一生的遗憾。

俗世中有多少夫妻在吵吵闹闹中过一辈子，也许，除去他们吵闹的日子，夫妻恩爱的时光也就是三年五载光景。都说上天是公平的，也许，卢氏在她婚姻的三年中，承载了别的女人一辈子所有的温馨甜蜜，所以享受完了她就该走了。就像《红楼梦》中的贾宝玉，他来尘世间一场，不过是来历劫的。

"赤条条来去无牵挂"，在林黛玉死后，贾宝玉悟了禅理，纳兰悟了吗？不，纳兰永远也悟不了，一个内心充满深情的人，怎能放得下情场千丝万缕的牵挂？所以，身为相门贵公子，他却活得比"辛苦最怜天上月"的月亮还要辛苦。一个人能有多少精气神，受得住年年岁岁如此哀伤？纳兰日日夜夜无不在思念卢氏，如此费心耗神，怎能不熬尽心血而亡？

聪明绝世的纳兰难道不清楚自己的身体状况吗？他应该清楚，但他似乎是有意要追随卢氏而去。卢氏是在康熙十六年五月三十日去世的，而纳兰恰恰是在八年后的五月三十日逝去的。这是一种巧合吗？也许是的，但这样的巧合只能说明纳兰与卢氏心心相印，只能说明纳兰对卢氏的痴情。也许，他就是在等这一天，与妻子在另一个世界相聚。

想起仓央嘉措的几句诗：

这么多年，你一直在我心口幽居，我放下过天地，放下过万物，却从未放下过你。

渐悟也好，顿悟也罢，世间事除了生死，哪一件事不是闲事！

人间无味，剩月零风里

此恨何时已！
滴空阶、寒更雨歇，葬花天气。
三载悠悠魂梦杳，是梦久应醒矣。
料也觉、人间无味。
不及夜台尘土隔，冷清清、一片埋愁地。
钗钿约，竟抛弃。

重泉若有双鱼寄。
好知他、年来苦乐，与谁相倚。
我自终宵成转侧，忍听湘弦重理。
待结个、他生知己。
还怕两人俱薄命，再缘悭、剩月零风里。
清泪尽，纸灰起。

——纳兰容若《金缕曲·亡妇忌日有感》

佛曰人生有八苦：生、老、病、死、爱别离、怨长久、求不得、放不下。对于有情人来说，人生最大的苦莫过于生离死别。生离，还有重逢的机会；死别，则是相见无绝期。人啊，这辈子动什么就是不能动情，可是人在红尘中行走，会遇到很多情缘，我们往往是身不由己地陷入其中。当爱到骨髓时，则会忘却自己。

面对逝去的爱，纳兰容若是痛彻心扉，念念难忘。纳兰和卢氏在康熙十六年结婚，也许婚后纳兰因为夭折的初恋冷落了卢氏，但卢氏的温婉体贴融化了纳兰冰冻的心。卢氏不仅是纳兰生活中的伴侣,也是纳兰心灵的知己。如果说初恋表妹的离去,掏空了纳兰的心,那么卢氏的早逝则碎了纳兰的六腑。原本以为一份情可以守得山高水长,以为正值青春年华,会有许多光阴可以用来相守,但残酷的现实只给了他们三年的幸福时光。所以,纳兰说"此恨何时已"。

"此恨何时已"化用的是李之仪的《卜算子》。李之仪的"此水几时休,此恨何时已"说的是情人之间的生离别之恨。有情人相爱却要分离,这样的离愁别恨,就像滚滚东逝的长江水一样,永无停息之日。都说时间是最好的良药,可以疗好人的心伤,但这对纳兰来说却是个异数,自卢氏死后,纳兰一直恍惚在"未梦已先疑"的境地里。

卢氏是在康熙十九年农历五月三十日去世的,那应该是个花褪残红、落红满径的暮春时节,所以纳兰说是"葬花天气"。"滴空阶、寒更雨歇"化用的是温庭筠《更漏子》下阕词意,"梧桐树,三更雨。不道离情正苦。一叶叶,一声声,空阶滴到明。"能清晰听到夜雨停歇,残雨滴空阶之声的人,一定是一夜未眠。人有着郁闷难排的心事时才会彻夜不眠,温庭筠是为离情所苦,纳兰容若则为丧妻之痛,死别之痛远胜过生离,所以纳兰心中的凄苦更甚于温庭筠。因此即便是温暖的暮春时节,在纳兰的世界里也形同寒冷的严冬。

那一天是卢氏逝去三年后的忌日,可是在纳兰的心里,他从未觉得妻子已离世。他一直幻想着,妻子只是像平时一样,和自己对饮而酒醉未醒。可是又有什么样的梦能三年未醒?因此纳兰说:"三载悠悠魂梦杳,是梦久应醒矣。"

对于卢氏的死因,纳兰猜想她是因为"料也觉、人间无味"。人间有她的神仙眷侣，可他为什么会说是人间无味？纳兰虽出身于富贵之家，可他厌倦官场的尔虞我诈，反感父亲的卖官鬻爵；他一心想凭自己的实力报效国家，可命运偏偏安排他做皇帝身边的侍卫。皇帝给他的恩宠越多，他内心的矛盾越是激烈。人生得不到自由，理想得不到实现，爱情又被礼教牺牲，最后还失去了恩爱伴侣，纳兰怎么会觉得人间有味？卢氏与纳兰情意相投，纳兰的愁苦便是她的愁苦，所以纳兰说她是"料也觉、人间无味"而离开人世。

"不及夜台尘土隔，冷清清、一片埋愁地。"坟墓虽冷清孤寂，但是却能将人世间许多无法排遣的愁苦埋葬。上阕最后一句"钗钿约，竟抛弃"照应了开头的"此恨何时已"，纳兰似乎在埋怨卢氏丢下他一个人痛苦地活在人间。尽管他们之间有着钗钿之约，可卢氏却违背了他们的誓言，独自到另一个没有痛苦，没有忧愁的世界去了。

"重泉若有双鱼寄。好知他、年来苦乐，与谁相倚。"纳兰在想，不知道卢氏在九泉之下生活得怎样，她是哭呢、笑呢、悲呢，还是喜呢？欢喜谁与她分享？忧愁谁为她排解？双鱼，指书信。古乐府有"客从远方来，遗我双鲤鱼。呼儿烹鲤鱼，中有尺素书"之诗，后世故以"双（鲤）鱼"指书信。如果九泉之下也可以通书信，一定托那双鱼寄去自己的一片相思与牵挂。

一个活着的人还惦记着死去多年的人的悲喜冷暖，可想而知，那个死去的人一定活在他心里，从未走远。毋容置疑，每一朵落花，每一滴细雨都会勾起他对亡者的思念。苏轼在亡妻坟前亲手栽种万顷松涛，在十年之后，他还梦见逝者如生前一样在窗前梳妆。纳兰在卢氏逝去三年后，依然牵挂着，要为亡人寄去书信嘘寒问暖。

"我自终宵成转侧,忍听湘弦重理。"因为思念而辗转难眠,可是这份情感如何可以寄托给她?倘若卢氏还活着,哪怕就是天涯海角,纳兰也一定不惜跋山涉水将她寻觅。可惜,卢氏已到另一个常人无法企及的世界去了,即便想她想得肝肠寸断,也是枉然。睹物思人,卢氏生前爱弹的瑶琴还在,拨动琴弦,似乎还留有她指尖的温暖,只是那凄婉的琴音,让人不忍听闻。

"待结个、他生知己。"这是纳兰不切实际的一种自我安慰,但纳兰对此无比的执著,并且他"还怕两人俱薄命,再缘悭、剩月零风里"。今生情深缘浅,殷切期待来世再续前缘,然而,纳兰却又担心会像今生一样命薄,美好的光景、美好的姻缘不能长久。在封建制度下,婚姻不以爱情为基础,故很少美满,纳兰不仅把卢氏当作亲人,也当成挚友,在封建婚姻制度下,这是极难得的。

恩爱夫妻,往往被天灾人祸所拆散。许多痴情男女,甚至以死殉情,以期能魂魄相依。纳兰期望来生与卢氏再结知己,但又自知无望,故结尾纳兰从内心世界回到现实,在空阶上点起祭奠亡妻的纸钱,并将内心所有的情感都融汇成一句"清泪尽,纸灰起"。

男儿有泪不轻弹,只是未到伤心处,纳兰为卢氏已清泪洒尽,可见他已伤痛至极。他托飞舞的纸灰为卢氏带去他的牵挂,这份牵挂很长很长,从浊浪滔滔的人间红尘,一直穿越过厚厚的一抔黄土,直到他们的来生。相信卢氏在另一个世界已收到了纳兰的一往情深,所以她才会托梦与纳兰"衔恨愿为天上月,年年犹得向郎圆。"

想起席慕蓉的一首诗《伴侣》:

你是那疾驰的箭

我就是你翎旁的风声

你是那负伤的鹰

我就是抚慰你的月光

你是那昂然的松

我就是缠绵的藤萝

愿

天

长

地

久

你永是我的伴侣

我是你生生世世

温柔的妻

西风多少恨，吹不散眉弯

飞絮飞花何处是？层冰积雪摧残。
疏疏一树五更寒。
爱他明月好，憔悴也相关。

最是繁丝摇落后，转教人忆春山。
湔裙梦断续应难。
西风多少恨，吹不散眉弯。

——纳兰容若《临江仙·寒柳》

古人喜好折柳送别。才子佳人咏柳多为春柳，如写"春城无处不飞花，寒食东风御柳斜"的韩翃，曾因一阕送别词《章台柳》而负盛名。他和诗中柳氏的故事，也被人写成小说《柳氏传》。

章台柳，章台柳，昔日青青今在否？
纵使长条似旧垂，也应攀折他人手。

——唐·韩翃《章台柳》

杨柳枝，芳菲节，可恨年年赠离别。

一叶随风忽报秋，纵使君来岂堪折。

——柳氏和词《杨柳枝》

据唐《太平广记》记载，诗人韩翃与姬妾柳氏情意颇为深厚，韩翃登第后归昌黎省亲，暂将柳氏留长安。适逢安史之乱，两京沦陷。为避兵祸，柳氏出家为尼，后又遭番将沙吒利抢劫为压寨夫人。后来唐肃宗收复长安，韩翃遣使密访柳氏，携去一囊碎金并写了这首《章台柳》赠之。柳捧金呜咽，答赠了这首《杨柳枝》。

纳兰容若写柳，却别出心裁，与众不同写寒柳。和韩翃的《章台柳》相比，纳兰的词意更加凄婉深邃。陈廷焯在《白雨斋词话》里说："余最爱《临江仙》'疏疏一树五更寒，爱他明月好，憔悴也相关。'言之有物，几令人感激涕零。容若词亦以此篇为压卷之作。"尽管他的赞誉有明显的个人偏好，但也算是品出了容若心头那点与众不同的深意。

"飞絮飞花何处是？层冰积雪摧残。"眼见柔柳，纳兰想到了它春日里飞絮飞花漫天舞的盎然，李煜在《望江南》中曾形容"满城飞絮碾轻尘"。读完此句，你想到的是否是，三春时节，踏青的游人如织，杨柳婀娜，柳絮随暖风飘舞，一派生机勃勃的场景？可眼前再也见不到这样春意融融的场面了，因为厚厚冰冻，层层积雪摧残得它失去了生命。

原本舒展着袅娜腰肢的杨柳，叶也掉光了，只剩下瘦弱稀疏的枝干，在寒冬中煎熬着。"疏疏一树五更寒"似有一股寒气，从文字中渗透出，深冬已经够寒冷了，深冬的五更更是让人倍觉凛冽凄清，赢弱的杨柳怎能经受得住这样的严寒？

宋朝女词人朱淑真在《生查子》中写道："去年元夜时，花市灯如昼。月上柳梢头，人约黄昏后。"元夜时也正值冬日，杨柳枝叶也应凋零，一轮明月初上疏疏的柳梢头，映照得它疏朗有致。尽管寒柳在月光下倍是憔悴，在多情公子纳兰心中，对它却是倍加爱怜。他说，"爱他明月好，憔悴也相关"。纳兰的话，在冬的清冷中，让人的心中泛起了一股暖意。

在这一股暖意中，纳兰深情回忆起杨柳最美的时候。"最是繁丝摇落后，转教人忆春山。"杨柳在什么时候最美？唐代大诗人韩愈说"最是一年春好处，绝胜烟柳满皇都"。杨柳应该在春天最美！当它在和煦春风中，摇曳着繁茂枝叶的时候，就会让人想起生机盎然的春山。

春山含黛，如女子姣好的眉毛，古人也多喜用柳叶眉形容女子眉毛的漂亮。这个时候，人最容易想起谁？一定是自己最心爱的女子，在纳兰的心里，最心爱的女子就是亡妻卢氏。

原来纳兰是在借柳喻人，勾画亡妻姣好的容貌和多舛的命运。眼见寒柳，纳兰不禁追忆往昔，抒写心中对亡妻的思念。

然而伊人已逝，即使偶尔在梦中相逢，也只能聊慰相思，好梦难再，梦断难续，一切再也回不到从前。"湔裙梦断续应难"，此句中"湔裙"一词指的是洗裙。传说窦奉的母亲在怀他时，到了产期不能按时分娩，于是她求助于巫师，巫师教她"只要渡河湔裙，就容易产子"。后来人们用"湔裙"代指妇女有孕到河边洗裙，容易分娩。纳兰在这里用这样的典故，暗指妻子卢氏是因难产而死。

寒冬也往往蕴育着暖春，待到那时，春山又将含黛，寒柳又会迎着暖风，舒展着嫩绿的枝条，重新散发生命的活力。可是在纳兰的心中，伊人已逝，一切都成了往昔，一切都已物是人非，纳兰和卢氏再也回不到当初，在纳兰的世界里，已再也没有了春天。所以，他无限悲情地慨叹："西风多少恨，吹不散眉弯。"

欧阳修说："人生自是有情痴，此恨不关风与月。"当一个人对另一个人的爱足够深时，因为心里始终惦记那个人，眼前随见景致总会联想到心里那个人。因为有爱，所以会始终记着她的好，甚至无视缺点，就像纳兰，当他感觉眼中的寒柳就像已故妻子时，即便寒柳已疏疏一树，憔悴不堪，他依旧"爱他明月好"。

是不是有这样的一种感觉，每当春天来临，那和煦的春风，就像某人的一怀温情？那漫山遍野的小百合花，就像那张纯真的笑脸？每到夏日，那潺潺流淌的山泉，是不是像某人对你无私的滋润？那一树的绿荫，是不是像那人为你遮风挡雨？秋天来了，满地厚厚的落叶，是不是像你对某人的眷恋？那广博的土地，是不是像那人对你的耐心和包容？冬日里，那缕暖阳，是不是像某人的温暖？那漫天飞舞的雪花，是不是会让你想起曾经红泥小火炉的时光？

如果那个人还在，即使你们相隔天涯，总还有相见的机会，你会为你们之间曾经的盟约，努力地活着。曾经读过这样的一则报道，在沙特阿拉伯有一对青年男女偷偷相爱了，等他们准备携手婚姻时，却被棒打鸳鸯。按当地的风俗，女子必须嫁给自己的表兄弟或者堂兄弟。于是，女子不得不屈从世俗，男子也另娶她人。

若干年后，男子的妻子去世，他已97岁。暮色中，往事如水，他想起了尘封80年的恋情。世事沧桑，历尽悲欢离合，他心中难以忘怀的还是那段未了的情缘。于是他踏上了寻找的路程。跋山涉水，历尽千辛万苦，他终于找到了她。又成了单身的她，已垂垂老矣，再也不复当初的青春美好。可在那个男子心中，她依旧是他永远的姑娘。

世间有多少有情人被迫分离，然而，天易老，情难绝，只要心中的爱不死，再长的光阴都可以等到携手的那一天。可是，在纳兰这里，心中念想的人，已经抛下他到另一个世界去了，无论寻遍千山万水，也再也无法与伊人相见，所以在纳兰的世界里四季只剩下冬。

同为风流才子，同是咏柳，韩翃是幸运的，他与柳氏互和柳词，历经曲折，最终夫妻得以团圆，而纳兰却永远没有夫妻团聚的可能，只能是"西风多少恨，吹不散眉弯"。

席慕蓉说："我已无诗，世间也再无飞花、无细雨。"一个诗人的世界里没有了诗和春天，那是经历了怎样的苦痛，才会造成的死寂？失去了知己卢氏，纳兰的世界何止是死寂？他在"瘦尽灯花又一宵""未梦已先疑"的状态里痛苦地活了八年。

这八年里，他不是不想重新开始新生活，而是他实在无法走出那份伤痛，睹物思人，物是人非。当他遇到红颜知己沈宛时，他的爱情世界重现了久违的春天，他以为沈宛能代替卢氏，可是无情的现实给他和沈宛带来残酷的打击，他们被迫分离，纳兰的情感世界的春天，只维持了短暂的一年。

西风多少恨，吹不散眉弯。谁能驱散纳兰心头的雾霾？谁能给多情的纳兰公子情感的春天？天妒英才，年轻的纳兰最终在一个葬花天气里，追随卢氏而去。也许在另一个世界里，见到了卢氏，他的眉弯会自然舒展。

十年踪迹十年心

> 银床淅沥青梧老,
> 屧粉秋蛩扫。
> 采香行处蹙连钱,
> 拾得翠翘何恨不能言。
>
> 回廊一寸相思地,
> 落月成孤倚。
> 背灯和月就花阴,
> 已是十年踪迹十年心。
>
> ——纳兰容若《虞美人》

自苏轼的天下第一悼亡词《江城子》之后,几百年间鲜有好的悼亡词出现,因为没有感同身受的人,是难以描摹出那样悲痛欲绝的心境。纳兰词中最为打动人心的就是悼亡词。

在卢氏去世后,纳兰一直沉浸在过去,难以释怀。一朵落花,一片黄叶,甚至一株衰柳,生活中一切的一切,都能勾起纳兰对卢氏的怀念。不是不想忘,而是忘不了。情到深处,那人的音容笑貌已深深镌刻在心里,以致生活中的每件东西都带上了她的烙印。

秋,本来就是一个容易令人感伤的季节,更何况是纳兰这样一个多情善感的才子呢?自卢氏去世后,纳兰就像一只伤偶的孤雁,他感受不到世间的温暖,也不知道该何去何从,只能在这薄情的世界里不住地哀鸣。在一个人的时候,纳兰就会到他俩经常游玩的地方,寻找卢氏曾经的影子，渴望在过往的甜蜜回忆中寻求温暖的慰藉。可是越是寻找、越是不甘心失去，就越是伤痛，到头来只能是"赢得更深哭一场"。

那又是一个秋雨淅沥的季节，庭院深井旁的梧桐已凋零，叶落满地，粘在潮湿的地上、井沿旁。它似乎也无奈地接受生命走到尽头的现实。纳兰不知不觉地又走到园中那条小路上，记得从前卢氏常爱来这里。可现在，小径上长满了青苔，听不见蟋蟀的叫声，也再也找不到伊人的脚印。

是的，以前卢氏活着的时候，这条小路上花开满径，秋虫呢哝，纳兰常常能在这里看到卢氏脚上的鞋粉落在路上。可现在，这里是人迹罕至。

纳兰又陷入了对往事的回忆中，忽然他在草丛中发现一支翠翘，那是卢氏当年遗落的一件翠玉首饰。睹物思人，可是已物是人非，纳兰手拿翠翘，一时间伤感不能言。什么是死生契阔？这支翠翘带着纳兰穿越了死生契阔之河，带他回到卢氏生前，可千言万语却只能"相顾无言，惟有泪千行"！

纳兰在《金缕曲》中写道："重泉若有双鱼寄，好知他、年来苦乐，与谁相倚。"如果卢氏还活着，纵然是相隔千山万水，只要心牵彼此，终有再见的时候。可卢氏却被一抔黄土，相隔在一个无法触摸的世界。纳兰想她，想写信给她，却不知道她的地址；他想知道她在那个世界过得好不好，却没有人能带个信。除了在梦中相见，就只能等到生命轮回的下一个渡口再见，可是谁又知道，那时的她还记得今生的他吗？

都说世间所有的相遇都是久别重逢，如果可以，纳兰愿意在下一世与卢氏再相逢。

怀揣翠翘，纳兰来到当年和卢氏"并吹红雨""同倚斜阳"的回廊处。那翠翘带着纳兰的体温，仿佛卢氏就在他怀里。是的，他又带着"她"来到他们留下美好记忆的地方，可是往事有多甜蜜，怀念就有多感伤。

李商隐说"一寸相思一寸灰"，相思成灾，多少次纳兰独倚斜阳，却再也没有她为他披上御寒的外衣。在多少次寻寻觅觅之后，纳兰早就"心字已成灰"。

白居易是"老来多健忘，唯不忘相思"，而纳兰是在如海相思里洇渡的人，他又怎能忘却相思？越是想忘记的东西，越是难以忘怀。"背灯和月就花阴，已是十年踪迹十年心"，怀想起当年的往事，仿佛就在昨天，可细数之后才发现，转眼已十年过去了。

十年，十年时间能改变很多东西，有一首叫《十年》的歌，歌中写道：

十年之前/我不认识你/你不属于我/我们还是一样/陪在一个陌生人左右/走过渐渐熟悉的街头/

十年之后/我们是朋友/还可以问候/只是那种温柔/再也找不到拥抱的理由/情人最后难免沦为朋友/

十年似乎"足够用来怀念"，这歌中的人，已从情人沦为朋友。可纳兰和卢氏连沦为朋友的机会都没有了，不变的是纳兰对卢氏的无尽怀念。

在千年前有个男人，也是在亡妻去世十年之后，写下了无限思念之情。

十年生死两茫茫，不思量，自难忘。千里孤坟，无处话凄凉。纵使相逢应不识，尘满面，鬓如霜。

夜来幽梦忽还乡，小轩窗，正梳妆。相顾无言，惟有泪千行。料得年年肠断处，明月夜，短松冈。

——宋·苏轼《江城子·乙卯正月二十日夜记梦》

十年之后，苏轼对着万顷松涛和一座孤坟，不思量，自难忘。他还没有开口，只一句"十年生死两茫茫"，便将凄惶扩大到无尽，让人为之泪落衣襟。十年之后，容若拾得一支翠翘，却有恨不能言，结句的"十年踪迹十年心"，更将凄凉之意深深蔓延到无尽。

他们的身边都有了新人随侍在侧，苏轼旷达，能投入到新生活中去，可纳兰生性没他洒脱豁达，他无法做到淡然心性。纳兰比苏轼更投入地写悼亡，他在恋情的周折、襟怀未开的抑郁矛盾中辗转一生。

不是纳兰不想投入新生活，他也想重新开始，可是曾经沧海，尝过难为水的滋味后，纳兰很难找到可以代替卢氏的人。只有经历过才知道，有些人别人无法替代！

十年踪迹十年心，是为爱情，亦是为了知己散失而沉默悲伤。爱人、知己，是我们最温暖的依靠。他（她）仿佛是夜里的一盏明灯，为夜行的你我照亮前行的路，也为你我驱散前路上的寒冷，让我们不再畏惧，不再迷茫。因为有了爱人、知己，我们漂泊的灵魂才有了皈依，我们的生命才获得滋养和绽放。一旦失去，心将会以外人不可见的姿态慢慢萎落。

一句"十年踪迹十年心"，让人仿佛看见了容若那颗因失去温暖和滋养而逐渐冷却萎缩的心。"家家争唱饮水词，纳兰心事几人知？"当纳兰词在坊间广为传唱之时，有谁知道纳兰泣血的心？

悼亡词是纳兰生命最后的光华！

忽然想起有首叫《山楂树》的歌：

他哪里走/我哪里跟/心中的相思说不清/

我唱的歌/他拉的琴/山楂树连两颗心/

红花如是血/白花就是情/满树的鲜花却看不见他/

天呀/地呀/你不要带走他/

风呀/雨呀/你不要伤害他/

我要变做山楂花/随他化作泥土/在这里安家/

……

第七卷
冰肌玉骨天分付

东风第一枝

薄劣东风,凄其夜雨,晓来依旧庭院。
多情前度雀郎,应叹去年人面。
湘帘乍卷,早迷了、画梁栖燕。
最娇人、清晓莺啼,飞去一枝犹颤。

背山郭、黄昏开遍。想孤影、夕阳一片。
是谁移向亭皋,伴取晕眉青眼。
五更风雨,莫减却、春光一线。
傍荔墙、牵惹游丝,昨夜绛楼难辨。

——纳兰容若《东风第一枝·桃花》

  随手翻开纳兰词,一下子映入眼帘的便是这一阕《东风第一枝·桃花》。只看词牌名《东风第一枝》,笑意便已在心中荡漾开来,似乎婀娜的柳枝正沐着春风拂动心扉,再读词题为《桃花》,仿佛一场缤纷的桃花雨正妖娆地纷落在心中。

  桃花就是一世俗之花,家家门前屋后、田垄沟渠随处可见。它热烈奔放,花开像一群活泼可爱的少女疯闹似的聚拢而来,花落也赶集似的蜂拥而去。古人也喜欢桃花,用"桃之夭夭,灼灼其华"比作美艳的新娘。

纳兰的伤心词中见得最多的当数梨花，难得一见纳兰潮湿的心中有一丝明媚，而这枝桃花恰如女子的莞尔一笑，留给纳兰的是低回婉转之间的不尽情意。

"薄劣东风，凄其夜雨，晓来依旧庭院"，词中的"薄劣"是薄情的意思，借用了宋朝张元干《踏莎行》中一句："薄劣东风，夭斜落絮，明朝重觅吹笙路。"东风薄情，夜雨凄迷，唐朝的孟浩然在《春晓》中感叹"夜来风雨声，花落知多少"。是啊，不知一夜之间又会有多少繁花凋落枝头。然而，拂晓之时，风停雨住，纳兰家的庭院依旧如昨，那些多情的桃花却因这一夜春雨而绽放。纳兰起笔便是欲扬先抑，委婉曲折后给我们的是一抹粉色的惊喜。

只要提起桃花，就会让人想起唐朝时的一则美丽的故事。

相传唐朝的多情才子崔护清明郊游，游历到了城南门外的一片蔚然的桃林中，邂逅了一名少女。青春曼妙的少女静立在一株繁密盛开的桃花树下，粉色的花掩映着伊人粉色的脸庞。眼前情景，似一缕春风吹皱了书生的心湖，多情的书生不禁心旌摇荡。在低眉转身之际，女子朝他嫣然一笑，只留下那一丛桃花，烂漫地开放在春风中。那灿烂一笑的瞬间，从此便成千古。

谁也没有想到，就在那擦肩而过的刹那，情根就已深种。第二年春天，书生再次重回故地，寻访那笑靥如花的女子，人却已杳然。于是，书生把失落的相思镌刻成一首诗，题写在酒家的粉墙上。

去年今日此门中，人面桃花相映红。

人面不知何处去，桃花依旧笑春风。

——唐·崔护《题城南庄》

书生没有想到，他的这首小诗，在每年桃花盛开的时候，会被人们挂在桃花绽放的梢头，将他那缕绵绵的情思缠绵在温柔的春风里，荡漾在纷纷扰扰的桃花雨中。那个叫崔护的书生，因此在那场花谢花飞的爱情之中存名。

自《诗经·桃夭》问世以来，桃花因其"灼灼其华"的风采一直被用来喻作青春女子，而从唐朝崔护的这首《题城南庄》开始，桃花又成了爱情的象征。纳兰的思绪还在"人面桃花相映红"中徘徊，当他"湘帘乍卷"时，猛然回神，只见这样一幅情景："早迷了、画梁栖燕。"纳兰卷起竹帘，雨后春晓清新的空气扑面而来，那纷落的花瓣雨早迷了梁间燕子的双眼，它们双双对对在花枝间飞舞呢喃。

被春天迷乱的何止是人心、燕眼呀，就连那黄莺也赶来凑热闹。"最娇人清晓莺啼，飞去一枝犹颤。"它站在桃花枝头，卖弄着它那清脆、圆润的歌喉，那细嫩轻柔的啼叫声最是动人，不由让人想起"春眠不觉晓，处处闻啼鸟"这句诗。它一会儿飞到东，一会儿飞到西，当它飞去之后，桃枝犹自颤动，别有一番楚楚动人的娇姿。

桃花不是什么名贵的花，山野沟渠随处可见它的身影，所以纳兰的思绪由庭院推延到山郭，"背山郭、黄昏开遍。想孤影、夕阳一片"。唐朝白居易在《大林寺桃花》中说："人间四月芳菲尽，山寺桃花始盛开。"因而纳兰想象着，山坡上一定是开满了桃花吧？可他又怜惜着，黄昏中盛开的桃花只有夕阳为伴，越美丽就越显得太过冷清、孤单。于是纳兰给桃花找了水边的垂柳为伴，桃红柳绿，从而使它们更加迷离动人。

"是谁移向亭皋,伴取晕眉青眼",这一句中的"亭皋"指的是水边的平地,"晕眉"指女子晕淡的眉毛,"青眼"即柳眼,此处"晕眉青眼"代指柳树。

然而,这只是纳兰一厢情愿的想象而已,"五更风雨,莫减却、春光一线",这一句又将人拉回到现实,和开头相照应。一夜春雨,在杜甫的笔下是"随风潜入夜,润物细无声",在李清照的笔下是"昨夜雨疏风骤"。杜甫眼中的雨后春色是"晓看红湿处,花重锦官城",李清照眼中则"应是绿肥红瘦"。千年后,纳兰所见的雨后春色是,桃花在春雨滋润下华丽地竞相开放,丝毫没有减去半点春意。

"傍荔墙、牵惹游丝,昨夜绛楼难辨。"纳兰将他漫舞的思绪收起,重回眼前的情景,只见桃花依偎在薜荔墙下,牵惹着风中浮动的游丝,和红色的阁楼互相掩映,难以分辨。

这缤纷的桃花牵动着千年前那个叫崔护的书生的心,也牵动着多情公子纳兰的心,其实桃花也是许许多多人心中的乌托邦。晋朝陶渊明在他的《桃花源记》中就为我们描绘了一个理想的桃花源:"……忽逢桃花林,夹岸数百步,中无杂树,芳草鲜美,落英缤纷……"。

自陶渊明以来,这样的桃花源就一直深藏在世世代代每个人的心中,我们为了这个心中的桃花源不惜跋山涉水,不懈地追求。因而,每看到桃花盛开,心中除了会浮想起那张"人面桃花相映红"的笑脸,还有的就是一条通往桃花源的"芳草鲜美,落英缤纷"的小径。

我知道,那"人面桃花"的画卷让纳兰迷醉,也让我们迷醉;那"落英缤纷"的桃花源,旖旎在纳兰心里,也旖旎在我们的心里……

并蒂莲

> 阑珊玉佩罢霓裳,相对馆红妆。
> 藕丝风送凌波去,又低头、软语商量。
> 一种情深,十分心苦,脉脉背斜阳。
> 色香空尽转生香,明月小银塘。
> 桃根桃叶终相守,伴殷勤、双宿鸳鸯。
> 菰米漂残,沉云乍黑,同梦寄潇湘。
>
> ——纳兰容若《一丛花·咏并蒂莲》

并蒂莲是并排长在同一茎上的两朵莲花,莲花常见而并蒂莲罕见。人们常常用并蒂莲比喻相亲相爱之人,也常将并蹄莲用来祝福,形容天长地久。

关于并蒂莲还有一个凄婉的传说。传说泰和年间,河北大名府有一对青年男女相爱,却遭到了双方家族反对,他们双双出走失踪。后来人们在村边藕塘采藕时发现他们已投塘殉情。当年全塘开满了并蒂莲花,人们以为这是他们的情魂所现,世人感叹其情,遂文以记之。金代的诗人元好问听说了这个故事后,深深为其情感动,挥笔写下《摸鱼儿·问莲根》以寄哀思。

第七卷 冰肌玉骨天分付

问莲根、有丝多少，莲心知为谁苦？双花脉脉娇相向，只是旧家儿女。天已许。甚不教、白头生死鸳鸯浦？夕阳无语。算谢客烟中，湘妃江上，未是断肠处。

香奁梦，好在灵芝瑞露。人间俯仰今古。海枯石烂情缘在，幽恨不埋黄土。相思树，流年度，无端又被西风误。兰舟少住。怕载酒重来，红衣半落，狼藉卧风雨。

——金·元好问《摸鱼儿·问莲根》

问世间、情为何物，直教生死相许。一直以为，莲不是人间之物，而是开在水云间的世外之花，我敬仰它的高洁，在知道了并蒂莲的传说后，心中更是凭添了几分对它的敬重和怜惜之情。

我爱莲，作为多情词人的纳兰更是爱莲，他说"阑珊玉佩罢霓裳，相对绾红妆"。记得白居易在《忆江南》中曾将跳舞的吴娃比喻成"醉芙蓉"，馆娃宫里舞女的舞姿，就像酒后在风中摇曳的芙蓉花一样婀娜。而我们纳兰在这句词中，是将并蒂莲比喻成跳霓裳舞的女子。一阵清风吹过，并蒂莲在风中婆娑的身姿，就好像是刚跳完霓裳羽衣舞的女子，它们的妆饰、衣衫都已凌乱，正结伴梳理妆容。

一曲霓裳舞已经够醉人了，舞罢，并蒂莲双双低头娇羞软语的样子，更是让人迷醉。纳兰说它们是"藕丝风送凌波去，又低头、软语商量"，它们就像曹子建笔下的洛神，凌波款款，踏水而来。它们"又低头、软语商量"的样子，让人想起徐志摩诗中"不胜凉风的娇羞"的"一低头的温柔"。

"一种情深，十分心苦，脉脉背斜阳。"并蒂莲的种子曾深埋水下淤泥之中，似情深如许，一朝破土出水袅娜在夕阳之下，脉脉含情相对，一如当初纳兰和表妹的青梅竹马、两小无猜。然而，这双双莲子却又为何结出莲心的苦？用情太深，心必苦，更何况是纳兰这样的深情执着之人。那莲心，似乎是将所有的情爱之苦，都收敛于心，不可言说，不能言说，只能在莲子中结出一颗青涩的苦心。

莲是不愿开在陆地上的花朵，因为水的涵养，便多了几分多情和灵秀。莲花之美，是"出淤泥而不染，濯清涟而不妖"的纯净之美，而月色笼罩下的莲花更有一种浪漫迷离之美。朱自清先生在他的《荷塘月色》中说："叶子和花仿佛在牛乳中洗过一样，又像笼着轻纱的梦。"

纳兰笔下的荷塘月色是这样的："色香空尽转生香，明月小银塘。"待到玉兔东升，月光如水般倾泻下来，给荷塘披上了一层薄薄的银纱，莲花在似水月华笼罩下，显得更加朦胧迷离。月色弥漫，莲荷的清香和湿润的水汽混合在一起，弥散在空气中，沉醉了寂静的夜，也迷醉了周围的一切。

被荷塘月色陶醉的何止是人啊，那双栖双飞的鸳鸯，栖息在莲叶之下，相拥而眠。眼前"桃根桃叶终相守，伴殷勤、双宿鸳鸯"的情景热了纳兰的眼眸，他想起了桃根和桃叶的终生相守、不离不弃。无论是桃叶、桃根，还是双宿的鸳鸯，和孤单的纳兰相比，它们显得是多么的幸福。这些曾经是纳兰和表妹羡慕和追逐的梦想，可如今他们却情深缘浅，天各一方。

"桃根桃叶终相守，伴殷勤、双宿鸳鸯"这句词，不由让人想起"死生契阔，与子成说；执子之手，与子偕老"的诗句。自古以来，最打动人心的诗句大概就是这句了，它道出了感情的极至，就像并蒂莲一样，花开两朵，却为一枝，永远相依相偎在一起。

"菰米漂残，沈云乍黑"之句，择自杜甫《秋兴八首》"波漂菰米沈云黑，露冷莲房坠粉红"化用而出，暗喻着荷花的凋落。夜色已深，阴云忽然之间聚拢，月儿如残留水中的菰米一般时隐时现，就像纳兰此刻的心情一样灰暗。

传说舜帝的娥皇、女英二妃，为舜帝溺于湘水，遂为湘水二神。她们对舜帝的痴心感召着纳兰，他要把同样的梦魂葬于潇湘的云水之中，与心爱的人相知相守。"同梦寄潇湘"是纳兰对爱人表达的痴心不改的决心，他愿意像潇湘二妃伴帝而殒般随心爱的人而去，只是纳兰的这般心愿、这般相思，他的表妹是否知道？

词中所提到的"桃叶"是东晋书法家王献之的爱妾，"桃根"是她的妹妹。《六朝事迹类编》中载："桃叶者，晋王献之爱妾名也，其妹曰桃根。"无论是桃根、桃叶，还是同为舜帝溺于湘水的娥皇、女英，她们都是饱含情韵而娆于姿态，因而打动人心，纳兰将这种深情赋予并蒂莲，使并蒂莲的意味更为深长。

纳兰这首词为唱和之作，另外还有他的两位好友的同一词牌的词：

画桡昨夜过横塘。两两见红妆。丝牵心苦浑闲事，甚亭亭、别是难忘。澹月层城，影娥池馆，生小怕凄凉。

而今稽首祝空王。便落也双双。露寒烟远知何处，妥红衣、忽认余香。那夜帘栊，双纹绣帖，有尔伴鸳鸯。

——严绳孙《一丛花·咏并蒂莲》

一篙轻碧众香浮。月艳淡于秋。双成本是无双伴,汉皋佩、知猜睡收。浴罢孤鸳,背花飞去,花外却回头。

合欢消息并兰舟,生未识离愁。相怜相妒浑多事,料团扇、不耐飔飔。金粉飘残,野塘清露,各自悔风流。

——顾贞观《一丛花·咏并蒂莲》

我想,大概是三个好友聚集到纳兰家的渌水亭,看到并蒂莲盛开,忍不住要吟诗对赋一番。他们三人的词作是各有千秋,但我却最爱纳兰词,或许是因为纳兰的爱情和并蒂莲有着相似之处,更为惹人怜惜之故吧。

只是那对投湖殉情的男女是否想到过,他们的情魂所化作的并蒂莲,在后世已成为纯洁爱情的象征,且世代有那么多的风流才子为他们作诗歌颂。

并蒂莲,并蒂莲,并蒂莲开惹人怜。莲花水上思梁祝,为报知音并蒂开。生本江湖何惧浪,不教清丽染尘埃。

湘帘卷处,芳心一束浑难展

湘帘卷处,甚离披翠影,绕檐遮住。小立吹裙,常伴春慵,掩映绣妆金缕。芳心一束浑难展,清泪裛、隔年愁聚。更夜深、细听空阶雨滴,梦回无据。

正是秋来寂寞,偏声声点点,助人离绪。颇被初寒,宿酒全醒,搅碎乱蛩双杵。西风落尽梧桐叶,还剩得、绿阴如许。想玉人、和露折来,曾写断肠句。

——纳兰容若《疏影·芭蕉》

古人喜欢在庭院中种芭蕉,因而芭蕉常成为女子伤春、词人言愁的代言物。李清照在《添字丑奴儿》中写:"窗前谁种芭蕉树?阴满中庭,阴满中庭,叶叶心心、舒卷有余情。"纳兰容若也曾在一首《临江仙》中写道:"点滴芭蕉心欲碎,声声催忆当初。"

想来,李清照的庭院里种着芭蕉,纳兰家的庭院里也种着芭蕉。芭蕉树的叶子在刚抽出的时候是卷着的,长大之后是舒展开的,芭蕉叶子很大,树要比现在的香蕉高很多,所以李清照说"阴满中庭",

纳兰说"湘帘卷处，甚离披翠影，绕檐遮住"。

那个秋日，纳兰卷起竹帘，芭蕉宽大翠绿的叶子在风中摆动，遮住了半个屋檐。女子卷竹帘是为了等待心中思念的人，纳兰卷竹帘是为了谁？和女子一样，纳兰也是思念某个人了。

"小立吹裙，常伴春慵，掩映绣妆金缕。"他思念的那个人，在慵懒的春日，晚起后小立绣楼倚窗牖，和煦的春风轻轻吹动她的罗裙，绿色的芭蕉舒展着宽大的叶子，掩映着伊人精致的妆容和她身后红色的绣楼。纳兰寥寥数笔就勾勒出了一幅精美的工笔画，画面中绿色的芭蕉，红色的绣楼，还有体态婀娜的盈盈女子，以及女子拂动的衣襟、服饰上金色的金缕，都生动细致地展现在我们眼前。

然而，这景象并不是现实，而是纳兰回忆中的一幕。这个女子到底是谁，是被迫选秀入宫的初恋情人表妹，还是已逝妻子卢氏？"芳心一束浑难展，清泪裹、隔年愁聚。"芭蕉芳心裹泪，如人心之愁聚，想排解却无法诉说，只能郁结于心。

从纳兰内心这样的挣扎和痛苦中可以猜测到，这个女子是和他生离的表妹而不是和他死别的妻子。因为，表妹成了皇帝的女人，即使有万千思念萦绕于心，纳兰和她之间这段隐秘的恋情也不能说、不敢说。而对亡妻卢氏的思念，纳兰一贯直叙胸臆，无需隐晦。

纳兰和表妹青梅竹马，两小无猜，他们曾经度过了一段快乐的少年时光。然而，随着表妹的进宫，一切甜蜜美好都灰飞烟灭，从此他与她天各一方，因而纳兰的四季笼罩了一层深深的忧伤。他想她，却无法接近她，他只能在梦中与她相会。

秋风秋雨使人愁，温庭筠在《更漏子》中说"梧桐树，三更雨，不道离情正苦。一叶叶,一声声,空阶滴到明",周紫芝的《鹧鸪天》里写"梧桐叶上三更雨,叶叶声声是别离",这雨呀自古以来似离人眼中的泪,点点滴滴让人愁。纳兰想在梦中与伊人相逢,偏偏是"更夜深、细听空阶雨滴,梦回无据"。夜里有雨,一滴一滴打在芭蕉叶上,也一滴一滴地滴在纳兰的心里,让他愁绪满怀,难以入眠。纳兰的心苦得连梦都做不成,那牵牵绕绕的相思又如何能排遣?

本来正是秋来寂寞之时,偏又雨打芭蕉,每一片滴答着雨水的叶子,不管是卷着的还是舒展的,都有情、有愁、有相思。因为彻夜难眠的纳兰,满心、满眼、满脑子都是情愁相思,因而他感慨"正是秋来寂寞,偏声声点点,助人离绪"。

"缃被初寒,宿酒全醒,搅碎乱蛩双杵。"一层秋雨一层凉,罗衾已不耐五更寒。孤独的纳兰蜷缩在床上,宿醉已全醒,本来以为可以借酒消愁,没想到酒醒后愁绪会来得更沉重。这时耳边传来窗外秋虫的悲鸣之声和杵捣之声,于是离愁在纳兰心中弥漫得更深、更浓,几乎让人窒息。

离愁已将纳兰的心塞得满满的,他放眼门外,想寻得一个排解之处,只见"西风落尽梧桐叶,还剩得、绿阴如许"。一叶知秋,一夜西风吹落了梧桐叶,地上狼藉一片,只有那芭蕉还有些许绿荫。于是纳兰将和着雨水的芭蕉叶折下,将心中满满的愁绪化作一阕清词,借叶题诗,以寄相思离恨。"想玉人、和露折来,曾写断肠句。"触景伤情,纳兰为思念岁月中的那个人,显得是多么的伤心和无奈。

曾经以为,年轻就是好啊,只要年轻一切都可以重新开始,一切都不会错过。然而,生活中每个人都有自己的无奈,纳兰和表妹纵然年轻，却无法主宰自己的命运，一个带着满心伤痕进宫了，一个被掏空心病恙染身。

如果思念的人属于自己，即便是生死离别，也大可以痛痛快快地想，痛痛快快地说，痛痛快快地哭。可是，明明和那个人情牵彼此，却无法真情相拥，因为那个人已成别人的枕边之人，就算是一万个温柔也找不到拥抱的理由，况且那个人的身边人还是高高在上的皇帝。

不是纳兰懦弱，他只能爱得懦弱；不是纳兰卑屈，他只能恨得卑屈。命运逼迫他，就连哭都是遮掩的。

他无法主宰自己的命运。因此，与表妹的生离比与卢氏的死别更令纳兰沉痛。因为，对前者的相思只能深埋心底，只能在内心痛苦挣扎，连倾诉都不可以；而对后者的思念，他可以毫不遮掩地追忆痛哭。能说出来的苦，不算苦，那些只能郁结于心却不能说的苦才是真苦。

即便是苦，纳兰也只能将这份苦书写得晦涩、难懂，个中滋味怕是只有纳兰自己才能解吧？要不他怎么会说"如鱼饮水，冷暖自知"。伊人不是鱼，又怎懂得鱼的寂寞爱恋呢？只有鱼自己才知道那份渴望被爱，却又无法靠近的悲苦。

这是一首借咏芭蕉，托物怀人之词，一切不便言说之情，尽在不言中。只是多情公子的那一叶芭蕉题词，被忧伤打湿的字字句句，经过三百多年光阴的晾晒，都没有晾干。

> 冰肌玉骨天分付,别样清幽
>
> 莫把琼花比淡妆,谁似白霓裳。
> 别样清幽,自然标格,莫近东墙。
>
> 冰肌玉骨天分付,兼付与凄凉。
> 可怜遥夜,冷烟和月,疏影横窗。
>
> ——纳兰容若《眼儿媚·咏梅》

今冬,一夜之间天降大雪,早起时只见天地间一片白茫茫,玉树琼枝,红妆素裹,分外妖娆。蓦然想起墙角的几株梅花,此刻一定是"雪似梅花,梅花似雪。似和不似都奇绝"吧,在这漫天冷凛、漫宇琼瑶之时,梅的暗香一定更清幽。

喜欢梅,犹爱雪中的梅。爱它"疏影横斜水清浅,暗香浮动月黄昏"的芳姿,爱它不与众芳争春、绝世独立的风骨,爱它"已是悬崖百丈冰,犹有花枝俏"的傲然。

我爱梅,史上有很多文人墨客都爱梅。从林逋的"梅妻鹤子",

到姜夔的"梅边吹笛",再到翩翩佳公子纳兰容若的"冰肌玉骨",那枝梅别样清幽在千载悠悠文字中。

"莫把琼花比淡妆,谁似白霓裳。"纳兰说,不要把雪花当做是梅的淡雅妆饰,要知道梅自身就有着白色霓裳的美丽。雪花是天外之花,别有根芽,虽轻灵脱俗却没有梅的一缕香魂,因而这样的一种纯洁幽香、超凡脱俗的美,只有梅才有。

"别样清幽,自然标格,莫近东墙。"在这冰寒刺骨,雪花飞舞的寒冬,梅独自在一个人的世界里别样清幽、倾国倾城。百花凋零,草木萧条,只有梅与众不同,在凛冽寒风中散发幽香,灿烂微笑,所以,你千万不要随便走近东墙接近它,因为,只要你看它一眼,就会为它魂牵梦绕。

梅花不是什么名贵之花,它是严冬万物萧条中的一抹淡雅,因而它美得凄绝。李清照的《清平乐》中写道:

年年雪里,常插梅花醉。挼尽梅花无好意,赢得满衣清泪。
今年海角天涯,萧萧两鬓生华。看取晚来风势,故应难看梅花。

——宋·李清照《清平乐》

梅花是美的,但它生性高洁,宁可抱香枝上老,也不随黄叶舞西风。李易安词中的"故应难看梅花"和纳兰的"莫近东墙",说的都是梅花品格的高尚纯洁,只可远观而不可亵玩焉。

梅的冰清玉洁,让人心生敬仰,纳兰说它是"冰肌玉骨天分付,兼付与凄凉"。是的,梅的冰肌玉骨是上苍的恩赐,它不同于尘世中的俗花，忙着争奇斗艳。梅不屑与它们争春，只把春来报，因而，上苍除了赐予它冰肌玉骨的风采，同时还给它孤高、寥落和凄凉。

在寒冷遥远的冬夜里，清冷的烟雾和清凉的明月笼罩着它，只留一束疏散的影子横映在窗纱上。纳兰在每一个冬夜看到的都是"可怜遥夜，冷烟和月，疏影横窗"的景象，纳兰没有说他看后的心境，却把整个凄冷的氛围传递给读者，让我们和他一同感受那样的情怀。

在这首词中，纳兰通篇没有写一个"梅"字，却字字句句都在写梅；通篇没写一个"人"字，却无处不见人的影子。写梅花的品格，实则是写人的品格。词中对梅骨、梅神、梅魂的咏叹和赞美无以复加！林逋因为心中有"梅妻"，所以才能写出梅花"疏影横斜水清浅，暗香浮动月黄昏"的绝世芳姿，如果纳兰不是极爱此物或此人，又怎能写出如此出神入化之词作？

毋庸置疑，纳兰是爱梅的，那么他隐喻的人又是谁？据张钧《纳兰性德全传》里说，纳兰的表妹叫雪梅，如此我们便恍然纳兰爱梅爱得如此刻骨的原因。这本传记里说，这首词是纳兰看到表妹早起梳妆时偶发灵感而作，是写给表妹的情词，后来表妹将这首词谱写成曲，便于传唱。

情到深处情转薄，所以纳兰才有"莫近东墙"之说。他不爱春天里的万紫千红，却独爱严冬里在烟雾和冷月笼罩下的梅花。弱水三千，只取一瓢饮，这枝梅在纳兰心中独一无二，无可替代。借梅花写人，是纳兰的真意。冰肌玉骨显然是写人，别样清幽同样也是写人。

然而，纳兰心中这枝梅最终孤冷地开在了皇宫大院里。康熙不是庸君，他独特的眼光识得雪梅的绝俗之美，后宫佳丽三千，在众芳国度里雪梅一枝独秀，康熙给了她三千宠爱。然而，雪梅的心中始终惦记的是他的冬郎表哥。

有人说，因雪梅情系纳兰被人诬陷而被打入冷宫；也有的说，在纳兰死后，雪梅没有了生命的寄托，也抑郁而终追随情郎而去。总之，这枝梅宁可枯萎也不愿安享皇家的富贵荣华。

在雪梅进宫后，纳兰夜夜面对梅的"冷烟和月，疏影横窗"，会是一种怎样的心情呢？睹物思人，却物是人非事事休。在寂静的夜空，遥望明月，纳兰嗅着梅的清香，是怎样度过这漫漫黑暗的呀，他大概又是一夜无眠吧。

这样的睹物思人的苦恼，宋朝的吕本中也有过，他在《踏莎行》中写道：

雪似梅花，梅花似雪。似和不似都奇绝。恼人风味阿谁知？请君问取南楼月。

记得去年，探梅时节。老来旧事无人说。为谁醉倒为谁醒？到今犹恨轻离别。

——宋·吕本中《踏莎行》

吕本中闻到了梅花的香味也陷入了深深的思念之中，因而他为之苦恼。"为谁醉倒为谁醒？"吕本中苦恼的是"老来旧事无人说""到今犹恨轻离别"。如果说吕本中的离别还有重逢的机会，那么纳兰的离别则再无团圆的可能，因而纳兰的相思透着一种痛到骨髓的哀伤。

纳兰夜夜睹物思人,常常是"瘦尽灯花又一宵",一个人的生命能有多少精气神能受得住如此消耗!情深不寿,纳兰的一生只走过了短暂的三十一年。

年年岁岁花相似,岁岁年年人不同。三百多年过去了,又是一年雪落梅开时,梅的暗香依旧如故,但是这股流动的幽香里是否还流淌着纳兰的情思?应该有的。此刻,纳兰的情思就幽幽流动在这墙角雪梅的暗香里,然后随着这股暗香流淌在我的心里,流淌在我的指尖,流淌在我的文字中……

第八卷

而今才道当时错

相看好处却无言

十八年来堕世间，
吹花嚼蕊弄冰弦。
多情情寄阿谁边。

紫玉钗斜灯影背，
红绵粉冷枕函偏。
相看好处却无言。

——纳兰容若《浣溪沙》

容若词多感伤凄美，此篇则完全相反，难得一见的风情旖旎，花好月圆。时隔三百多年的流光，从他婉约的词句中，我们依然能感受到，流淌在容若心中的那份柔情。

关于此阕《浣溪沙》中所写女子是谁，一直颇有争议，有人说是写给青梅竹马的初恋情人表妹的。我以为，纳兰的表妹在18岁前已被选秀进宫，在封建礼教森严的清朝，成年男女再无可能像童年那样无所顾忌在一起，所以词中所叙不应是为表妹而写。

也有人认为是写给妻子卢氏的。"十八年来堕世间，"选用的是李商隐《曼倩辞》中的成句："十八年来堕世间，瑶池归梦碧桃闲。"曼倩就是汉朝名人东方朔。据《仙吏传·东方朔传》所载，东方朔死后，天上的岁星复明，于是汉武帝仰天而叹："东方朔在朕身旁十八年，而不知是岁星哉。"

由于容若与卢氏成婚是在清康熙十三年（1674年），当时容若二十岁，卢氏十八岁。联系此句，所以才有人说，这是写给卢氏的。现实是，纳兰与卢氏成婚，是迫于父母之命，并非心甘情愿。当时，表妹刚进宫不久，纳兰情系表妹，还没有走出初恋夭折的情殇，所以纳兰不可能在刚开始就对卢氏那般钟情。他是后来被卢氏的温柔多情和善解人意感动，一颗冰封的心才逐渐融化的。因此，此阕词大有可能是为沈宛而写。

"吹花嚼蕊弄冰弦。"吹花嚼蕊，指吹乐、歌唱，与吹叶嚼蕊同义，后又引申为推敲声律、词藻等文墨之事。李商隐《柳枝》序："柳枝，洛中里娘也……吹叶嚼蕊，调丝撅管，作天海风涛之曲，幽忆怨断之音。"所以这里的"吹花嚼蕊""天海风涛"，皆切合沈宛歌妓的身份。冰弦，即琴弦。相传是用冰蚕丝所制作的琴弦，此处可理解为乐器之类。从此句可以看出，容若所写女子，不仅容貌出众，还善文墨，通音律，是一位才貌双全的俏佳人，而沈宛就是当年江南才貌双全的花魁。

在容若心里，这样的女子是好到极致的，所以容若由衷感慨"多情情寄阿谁边"。在容若看来，能与沈宛邂逅于江南，且能一见倾心，这是上天恩赐的缘分。沈宛作为一个名逾江南的才女，身边不乏文人雅士倾慕，而她却只对纳兰情有独钟，世间的情，还有什么能比得过两情相悦更让人称心如意呢？然而，明明是亲近相对的眼前人，容若心里竟陡然生出佳人谁属的怅惘。这到底是容若骨子里流淌着文人多愁善感的情结，还是他们悲情爱情的预兆？

"紫玉钗斜灯影背，红绵粉冷枕函偏。""紫玉钗"见于唐传奇蒋防撰《霍小玉传》，"红棉"句情境也与霍小玉故事相仿；汤显祖《紫钗记》演的也是霍小玉故事，故此句又化用了《紫钗记》曲文。霍小玉是一名歌妓，隐合沈宛身份，所以从此句词中，可进一步推断，是为沈宛而作。

红棉，女子擦粉用的粉扑。枕函，又称枕匣，指中间可以放置物件的匣状枕头。红烛摇曳，灯影迷蒙，他将她仔细端详，心中溢满欢喜，笑意荡漾在如水的眼波，挂在眉梢嘴角。她玉钗颤颤云鬓如雾，眼波如水如烟，粉面若桃花绽放，洋溢着春花般的烂漫和春水般的柔情。

眼前的一切是多么的美好，恍若置身梦中，如果表妹是一枝脱俗的莲荷，摇曳在纳兰心中的则是她的清纯；如果卢氏是一朵清雅的水仙，摇曳在纳兰心中的则是她的温情；而现在的江南才女沈宛，有着与她们不一样的美，她是千娇百媚，她是万紫千红，她是一朵妖娆的鸢尾花，开在纳兰的生涯。她是他春光里的月色如烟，然而纳兰却说："相看好处却无言。"

也许纳兰害怕一开口，会打破眼前的宁静美好；也许纳兰害怕一开口，会让神灵嫉妒这一刻的幸福；也许，这一刻纳兰是幸福到失声，或者是幸福到忧伤。世间事总是这样，事物美到极致便会残缺，乐极总是生悲。

也许是纳兰的才情绝世，也许是纳兰承载太多人的热爱和希冀，所以才招惹到命运来嫉妒。他拥有常人眼中艳羡的一切，可是命运给纳兰的幸福总是那样的少，以至于他的人生充满惆怅。

"一生一代一双人，争教两处销魂。相思相望不相亲，天为谁春？"与他刻骨爱恋的初恋表妹，被迫选秀进宫。表妹的无奈离去，掏空了纳兰的心,为此他大病一场,以致错过了科举,他只能在病榻上唏嘘着"人生若只如初见"。

"绣榻闲时并吹红雨,雕阑曲处同倚斜阳。"卢氏与纳兰情投意合,本以为他们能天长地久,恩爱白头,能恣意地过着"赌书消得泼茶香"的幸福日子。然而,他们只过了三年的幸福生活,卢氏就因难产而早逝,以至天人永隔。在卢氏逝去后的八年时光里,纳兰一直生活在"未梦已先疑"的恍惚中。他不愿承认卢氏已经死去,却无数次在梦中与她相逢,他为她写下许多首感人肺腑的悼亡词,在对卢氏的无尽缅怀中,他含泪写下"当时只道是寻常"。

在卢氏死后的八年里,纳兰的情感一直处于空白期,尽管他的身边还有官氏和颜氏,但这只是家族赋予他的责任,纳兰与她们并没有灵魂的契合、情感的交集;八年后,纳兰在江南邂逅了沈宛,两人一见倾心。人生就是这样,有的人与你天天相见,也觉得陌生;而有的人,无论相隔多远,分别多久,只需一眼,便能在人群中找到她,仿佛前世有约,今生再见。

纳兰的幸福总是那样少,忧伤总是那样多。这阕《浣溪沙》词,成了他生命中最婀娜有致的风月情浓,在他的一片哀婉清词中,璀璨如星,妖娆如花。

因为命运给纳兰的快乐太少,以至于我们读到这首词时,会为纳兰的幸福欢喜,而欢喜之余,内心却为纳兰生出一股疼痛。是啊,我们的容若心中埋藏了太多的忧伤,上苍难得让我们的容若舒展一次眉头。如果可以,真的愿意让这一刻的幸福,永远地为容若绽放,只是,命运许可吗?

一种烟波各自愁

烟暖雨初收,落尽繁花小院幽。
摘得一双红豆子,低头,说著分携泪暗流。

人去似春休,卮酒曾将酹石尤。
别自有人桃叶渡,扁舟,一种烟波各自愁。

——纳兰容若《南乡子》

那应该是个春天,是江南的春天,纳兰随康熙南巡,经好友顾贞观引见,他和沈宛在江南相逢。沈宛对纳兰仰慕已久,纳兰也久闻沈宛芳名,两人惺惺相惜,相见恨晚。见了沈宛,纳兰忽然觉得自卢氏逝后,自己这些年的光阴都虚掷了。如果能够早点遇到沈宛,也许纳兰的人生的色彩会很明媚。沈宛也觉得,没见纳兰之前,自己青葱的年华都付与了流水。

因为两情相悦,有情人总是恨在一起的时光流逝得太快。纳兰要随康熙銮驾回京了，舍不得分离，可是现实又让人不得不分离。他们商定，等纳兰回京后，由顾贞观护送沈宛进京，与纳兰完婚。

虽然商定了婚事，可眼下的离别，还是让人心生无限忧伤。

那一天，风雨初晴，小院中落花满地，一片幽静。离别在即，他们相顾无言，却泪流满面。就连落花似乎都不忍看他们分别的场面，纷纷坠下枝头，掩面而泣。沈宛摘下两颗红豆，将红豆送给纳兰。她不忍抬头看纳兰，低头对他说着分别的话语，却抑制不住欲语泪先流。

"摘得一双红豆子，低头，说着分携泪暗流。"此句，让人想起昭明太子萧统。当年萧统在无锡顾山编印《文选》，与民女慧如一见钟情，两人情意缱绻，你侬我侬。《文选》编顶杀青，萧统回京。临别时，慧如也曾赠送萧统两颗红豆子，嘱托他见豆如见人，萧统免不了慰藉慧如一番，让她等着他来接。后来，萧统终因封建礼教的反对，无缘与慧如结合，等萧统再回顾山时，慧如已因相思成疾而殒命。萧统埋葬慧如后，亲手种下两颗红豆，数月后薨逝。那两颗相思豆也生根发芽，长成两棵合抱为一的相思树。后人多用红豆象征爱情或者相思。

唐朝的王维途径江南，听说了相思树的故事后，写下脍炙人口的诗《相思》：

红豆生南国，春来发几枝。

愿君多采撷，此物最相思。

写到这儿，心中忽然惊觉，萧统和慧如之间的爱情，与纳兰和沈宛之间的爱情是多么的相似？萧统和纳兰都出身显赫，都是情感纯真、才华横溢的多情公子；而慧如和沈宛亦都是民间女子，且都风华绝代，才情不俗。萧统和慧如之间的爱情悲剧，会不会是暗示着，纳兰和沈宛之间的爱情，也注定是悲剧收场？

"人去似春休，厄酒曾将酹石尤。"石尤：指石尤风，即逆风或顶头风。传说古代尤氏女嫁石郎，石郎远行经商，尤氏阻拦并劝他不要出去，却无果。石郎在外经商，经久不归，尤氏相思成疾，临终前曰："吾恨不能阻其行，以至于此。今凡有商旅远行，吾当作大风为天下妇人阻之。"所以后人用石尤比喻阻船之风。南朝宋孝武帝刘俊《丁督护歌》之一曾写道："督护初征时，侬亦恶闻许。愿作石尤风，四面断行旅。"

眼前分明是百花争艳、春光明媚的春天，可随着情人之间离别的到来，所有的春景都会变得肃杀无味。心中一万个舍不得让他走，也是无奈。在共饮那杯离别酒时，沈宛甚至想像石尤氏那样，变成船头的逆风，阻止纳兰乘船离开。

"别自有人桃叶渡，扁舟，一种烟波各自愁。"桃叶渡：渡口名，今在江苏省南京市秦淮河畔。东晋书法家王献之最宠的姬妾名叫桃叶，据说他们常往来相会，王献之担心桃叶的安危，每次离别总会亲自送桃叶到渡口，这个渡口因此而得名，王献之还曾经为之写过一首歌叫《桃叶歌》。后人以"桃叶渡"代指情人分别之地，或分别之意。

这句词的意思是，与你分别之后，定然还有人在这里乘小船作别,同样的烟波渡口,同样的分别,但各人却有着各自的离愁了。

想起那首歌《桃叶渡》:

淮清桥畔/乌衣巷口夕阳浅/几度春风/人面桃花总眷恋/油纸香车青石板/马蹄声声在耳边/王家书法写心事/月色晕染/晋朝的渡口/往事越千年/

桃叶一梦/秦淮沉醉水婉转/瑶琴软曲/睡眼挑灯美婵娟/红袖添香墨亦香/情有独钟意缱绻/王家书法藏笔力/风舒云卷/宣纸的弥漫/华章自绵延/

……

红颜扁舟桨声逍遥,千年一回同船渡。同样的渡口,王献之和桃叶的风流佳话被传为青史美谈,可纳兰和沈宛在此一别,是否会有天长地久?在那样的一个复杂的年代,他们彼此的身份就注定,这将是一个没有结局的故事。

纳兰家族不会容纳沈宛。明珠认为男人风流一点可以,但他绝不会同意儿子将一个异族女子,且是歌妓身份的沈宛,写进纳兰族谱。爱情和婚姻是两码事,爱情是两个人之间的事儿,只要两情相悦,彼此情牵便可;而婚姻却会牵涉到许多人,甚至牵涉到政治。沈宛为了心爱的男人背井离乡,只身来到北京,尽管纳兰无比地爱着她,可是纳兰府没有沈宛容身的一席之地。

纳兰和沈宛之间的爱不平等,他们无法在同一个平台上共处,纳兰只能将她另置别院。但纳兰的职业性质导致他根本没有时间陪沈宛，沈宛在无尽的等待和寂寞中，在陌生的北京，度过了既甜蜜又心酸的一年时间。最后，现实逼迫她不得不离开纳兰。

沈宛带着纳兰的骨血离开了北京，回到了故乡江南。在沈宛走后，纳兰再也经不起人生的离别，他又病倒了，寒疾再次来袭。这次寒疾，他再也没能恢复健康，他像一颗璀璨的流星划过星空，他的生命只走过短暂的三十一年时光。

沈宛生下了纳兰的遗腹子富森，这个孩子被纳兰家族接纳，名正言顺地归入纳兰家族的族谱，并得以善终。至于他的母亲，纳兰家族却绝口不提，好像富森就是从石头缝里蹦出来的一般。光阴荏苒，岁月蹉跎，据说在这个叫富森的遗腹子七十岁时，被乾隆邀上太上皇所设的"千叟宴"。孽海情天，业债消尽。

据说，沈宛生下纳兰的孩子后，流落江南，下落不明，她为她逝去的爱人誓守一生的盟约。一个人，一座城，一牵念，没有了纳兰，京城对于她来说已再无眷恋。

也许，她就这样一个人，幽居在江南的一隅庭院，日日咀嚼着纳兰的《饮水词》，与纳兰诗魂相依。

> 塞鸿去矣，锦字何时寄？
> 记得灯前伴忍泪，却问明朝行未。
> 别来几度如珪，飘零落叶成堆。
> 一种晓寒残梦，凄凉毕竟因谁？
>
> ——纳兰容若《清平乐》

  如果说，人生是一场旅程的话，那么在旅途过程中，我们会投奔到许多驿站。在驿站中，我们会遇到形形色色的人，那些人和我们一样行色匆匆，只是在驿站中小坐憩息，休息完毕又将奔赴未知的下一个人生渡口。人生何处不相逢，也许在相遇中，我们会遇到同行的人；也许会和某些人擦肩而过。可我们永远也猜不透，在我们的生命中，到底谁是你的过客，谁是你的归人。所以，我们所能做的，只有用十二分的虔诚，对待每一次邂逅。

  纳兰没有想到，在卢氏逝去的八年后，他会在江南邂逅理想中的女子。自初恋情人入宫、卢氏早逝，纳兰以为他今生的情感世界里再无芳草鲜美，而沈宛的出现，让纳兰萎落的心里，重现了落英缤纷。

短暂的相遇，他们就已走进彼此的生命里。其实，在相遇之前，他们的灵魂就早已交融。沈宛熟读纳兰的《饮水词》，每每为之谱曲和唱，与之神交久矣；而纳兰也早就从好友顾贞观处，熟知沈宛芳名。因此，江南一见，仿佛前世相识，今生相遇。纳兰甚至觉得，这些年已蹉跎了岁月；而沈宛也以为，花样年华都付之了流水。

甜蜜过后便是忧伤，纳兰给不了沈宛承诺。尽管那个年代男人可以三妻四妾，可是满汉不能通婚就像一道鸿沟横在他们面前；再者就是沈宛卑微的身份，纳兰明珠能容许她加入纳兰族谱吗？这些矛盾吞噬着纳兰的心，不是纳兰懦弱，而是纳兰再叛逆也无法和国策家规抗衡。他只能让沈宛在江南等着他，他留给沈宛的是一张模糊的笑脸，还有几阕清丽的诗词。

对于沈宛来说，这是一场无望的等待。她的容若出生高贵，高高的相府能否为她一介民女敞开一扇门扉？她知道，希望很渺茫，可她还是愿意用一生的光阴去等待，哪怕是用经年的相思换取多情公子的一次垂怜。

康熙巡行结束后，纳兰随驾回京。在回京路上，他想忘却江南之行，可是纳兰却怎么也无法赶走萦绕在心头的那个人的影子。"塞鸿去矣，锦字何时寄？"塞鸿就是鸿雁，传说唐朝薛平贵投军远征，王宝钏在寒窑苦守他十八年，矢志不渝。一日王宝钏在郊外采挖野菜，忽然听见空中鸿雁连声叫唤。宝钏遂请求鸿雁代为传递书信，给远征的丈夫，然而一时难寻笔墨，情急之下便撕下布裙，咬破指尖写下血泪书信，倾诉爱之忠贞与盼望团圆的心情。从此，鸿雁便就成了信使的美称。

关于锦字,也有一典故。据《晋书·窦滔妻苏氏传》所记,前秦秦州刺史窦滔被徙流沙,其妻苏蕙织锦《璇玑图》,用她的旷世才情写下这首回文诗赠予窦滔,全图共840字,可宛转循环读之,其词甚是哀婉动人。后世也因此称锦字为妻寄夫之书信,这里被纳兰用来代指书信。纳兰写好了给沈宛的书信,却不知该如何投递。因为,他给不了沈宛完满的结局,他无法将她堂堂正正娶进门,给不了她名正言顺的名份。

他想起他们那天临别前的情景,"记得灯前佯忍泪,却问明朝行未。"灯光下,她强忍着眼中的泪水,默默地为他打点行装。明明知道,第二天他就要远走,还抱着能留下的一线希望,小心翼翼地问:明天真的就要走了吗?她多么希望能从纳兰嘴里得到不走的消息,哪怕就是推迟一天,再多一天团聚的日子也是好啊。

这样的一幅温馨而感伤的画面,纳兰如何能将它从心中抹去?"明朝行未。"就这一句话,足以打动多情公子的心。他何尝愿意走?只是他无法主宰自己的命运。功名利禄、荣华富贵,对于纳兰来说只是云烟,他早就想放浪江湖,过着无拘无束、自由自在的生活,可是现实的利刃太锋利,他就是遍体鳞伤,也无法挣脱命运的藩篱。

"别来几度如珪,飘零落叶成堆。"珪,同圭。本为长条形玉器,据《说文》载:"圭,瑞玉也,上圜下方。"南朝江淹有《别赋》"秋月如珪"句,被李善注为"圆如日月"。容若此处是借喻月圆而缺。他离开江南回到京城,已历经几度月圆月缺了。在江南时是桃红柳绿的春天,而现在又到了花木萧瑟、落叶成堆的秋意正浓时。

红颜易老,他知道沈宛在等待。对于一个女子来说,能有多少青葱年华经得起漫长的等待?可是沈宛却愿意用一生的光阴,等待纳兰有一天会再次打马而过,哪怕是短暂的停留。

纳兰没有给沈宛一句诺言,他知道诺言太轻太飘渺,唯有用行动来表达,无言也是爱。然而他思虑万千,却一筹莫展。"一种晓寒残梦,凄凉毕竟因谁?"在一个又一个的深夜,他独自拥衾或醒或睡,心事西风夜吹乱。清寒深处,他晓寒残梦,一再凄凉难当,只叹这一襟凄凉,又都是因了谁?

贾宝玉说:世上的男子都是泥做的,女儿都是水做的。可是在男子中,纳兰却是个例外,他是塞上雪花,晶莹剔透,不染一丝尘埃。在宋朝,有一个与他同为相门多情公子的晏几道,也是古之伤心词人,他在一阕词中写道:

红叶黄花秋意晚,千里念行客。飞云过尽,归鸿无信,何处寄书得。

泪弹不尽临窗滴,就砚旋研墨。渐写到别来,此情深处,红笺为无色。

——宋·晏几道《思远人》

枫叶红,菊花黄,秋意晚。心念行客,归鸿无信,无处寄书,泪弹不尽。这样的一纸红笺,如何承载得了离人心中的深情与离愁。同为千古伤心词人,容若词中的伤心,似乎比晏几道更多了几分凄婉哀绝。

渌水亭是纳兰在京城唯一可以搁浅灵魂的地方。他经常邀请三五知己来此小酌闲聊。纳兰一生对爱情执着，对友情笃信，在此他恭请好友顾贞观帮忙，请他为自己和沈宛想个万全之策，从中撮合。

顾贞观不负纳兰嘱托，将沈宛从江南接到京城与纳兰团聚。沈宛也知道，以自己的身份，还有满汉不能通婚的规矩，自己无论如何也进不了纳兰府。但此生只要能和心爱的男人在一起，她已无需那些外在的浮华。她愿意为纳兰丢弃梦里江南，愿意为他付出整个身心，她只希望，此生能与纳兰做一对平凡夫妻，哪怕是清贫也不足惜。

人生就是这样，原以为可以相伴一生的人，到头来只是生命中的匆匆过客。你以为他是归人，到头来才发现，他只是从你身边打马而过，留给你的只有策马扬鞭远去的背影和卷起的烟尘。

凄凉毕竟因谁？纳兰留给沈宛的又将是什么？

而今才道当时错

而今才道当时错,心绪凄迷。
红泪偷垂,满眼春风百事非。

情知此后来无计,强说欢期。
一别如斯,落尽梨花月又西。

——纳兰容若《采桑子》

六世达赖喇嘛仓央嘉措与纳兰容若都是康熙时代的人,他被后世誉为"世间最美的情郎"。读到仓央嘉措的诗就会不由想起纳兰容若,他们都是真性真情、情感无比纯净的人,有时,我甚至会以为仓央嘉措是纳兰转世再生。仓央嘉措的《十诫诗》被改编成歌曲《最好不相见》后,所有歌唱的人当中,只有廖昌永才能唱出那样深情如诉的滋味。

最好不相见/便可不相恋/最好不相知/便可不相思/

最好不相伴/便可不相欠/最好不相惜/便可不相忆/

最好不相爱/便可不相弃/最好不相对/便可不相会/

最好不相误/便可不相负/最好不相许/便可不相续/
但曾相见便相知/相见何如不见时/
安得与君相诀绝/免教生死作相思/

问世间、情为何物？直教人生死相许。一个"情"字，连活佛都无法逃脱它的困扰，发出"最好不相见"的无奈慨叹，更何况红尘中的凡夫俗子？性情洒脱的人，也许能做到淡然处之，若是重情之人，又如何能走出其中的纷纷扰扰？纳兰就是这样的一个重情之人，所以他说"而今才道当时错"。

这是一句平淡无奇的话，可是放在容若的词里，就有一种直戳人心的感觉。容若情感真挚朴素，到底是什么样的事儿，让他意识到是自己错了呢？后面的"红泪偷垂"告诉我们，这是一件与爱情有关的事。

容若是康熙钟爱的表弟，是他身边的红人，这样的事业前景，令多少在官场中跌打滚爬的人艳羡？可是容若并不喜欢自己的职业，再加上妻子卢氏的去世，他的精神长期沉浸在压抑痛苦之中，不能自拔。就在他万念俱灰时，一个才貌双全的女子走进了他的世界，她就是江南才女沈宛。

沈宛的出现，温暖着容若冰冷的情感世界，再次点燃了他生命中爱的火焰。容若好友顾贞观为他们引荐做媒，两个人一见倾心，惺惺相惜。纳兰以为，沈宛可以替代卢氏，可是相爱总是简单，相处太难，爱情是两个人的事儿，婚姻是两个家庭的事儿，当爱情上升到婚姻时，将会涉及许许多多。

康熙年间满汉尚不能通婚，且沈宛只是江南歌女，这样的身份为纳兰家族所不容，所以，于国于家的压力，都不容许容若将沈宛娶进家门，连做他妾的可能都不可以有。纳兰只好将沈宛另置别院安置，作为外室。

爱情是风花雪月，你侬我侬；可婚姻是柴米油盐，红尘烟火。纳兰御前侍卫的身份使得他经常需要随康熙南巡北狩，这就导致他俩经常是聚少离多，沈宛更多时候是在寂寞的等待中度过。她曾有词云：

雁书蝶梦皆成杳，月户云窗人悄悄。记得画楼东，归骢系月中，醒来灯未灭，心事和谁说？只有旧罗裳，偷沾泪两行。

画楼是他们二人共同生活的地方，纳兰下班后总会风尘仆仆地赶到这儿，这是沈宛最快乐的时候，也是纳兰最快乐的时候，可生活却安排沈宛更多时候不得不独守空房。半夜惊醒时，灯还为纳兰亮着，可是身边仍是空无一人。沈宛一个人从江南投奔纳兰到北京，人地生疏，又孤寂一人生活，满腹心事与谁说呢？泪水只能沾湿衣服，带来的只能是痛苦。

沈宛是个有思想有主见的女子，当她发现这不是自己想要的婚姻生活时，她做出了艰难的抉择，向纳兰提出了分手。其实这种煎熬纳兰也有，只是他无法改变。当沈宛提出分手时，他想挽留，为一份情投意合的情感纳兰等待了太久，而且他也为这份情感付出了许多。但他们之间的相处方式是不平等的，这就注定，这种爱情会是悲剧结束。纳兰选择了理解与放手，沈宛在几个月后，带着满心伤痕回到了江南。

"而今才道当时错,心绪凄迷。"纳兰看到自己和沈宛都陷入痛苦之中,也许在后悔当初不应该相识。如果不相识,就不会相爱;如果不相爱,就不会相知;如果不相知,就不会相负。亲情温馨,友情甜蜜,爱情美好,可爱情很多时候会自伤,也会伤害他人。尽管如此,尘世间男女还是会义无反顾地投入其中,为此舍命也在所不惜。

在这份受伤的情感中,纳兰对沈宛很是愧疚,生活的藩篱太多,他无法挣脱,他无法给予沈宛她想要的生活,或者说自己想要的生活。他一生都生活在理想与现实的矛盾中,苦闷得几乎窒息。可沈宛对这段情感只有怨没有恨,她不怪纳兰,只怨命运的不公。

"红泪偷垂,满眼春风百事非。"春光灿烂,花好月圆,可这么美好的春,在离人的眼中,却是物是人非的伤痛。沈宛将要离去,回到她的故乡江南,在江南,至少她不会是一个人独吞寂寞。只是她有没有想过,她走了,纳兰怎么办?纳兰伤痕累累的心,还能经得起人生的别离吗?分手时纳兰安慰沈宛,一定找时间看你,或者说,一定堂堂正正地娶你进门。沈宛也安慰纳兰,我在江南等你。

"情知此后来无计,强说欢期。"尽管彼此为了不让对方痛苦,还要强颜欢笑,相约见面的时间。但以纳兰的清醒和沈宛的聪慧,两个人都知道,此去一别,相见遥遥无期。明明知道今生已无缘再留恋,偏偏还要苦苦缠绵,这样矛盾的心情,只能让彼此在欲哭无泪、欲诉无言中煎熬。

"一别如斯,落尽梨花月又西。"也许,自古以来人生都是这样,就像月有阴晴圆缺一样,不可避免。只能在欲说还休中,看尽梨花飘落，明月西沉。

在经历了这场缠绵悱恻的绝世恋情之后，纳兰和沈宛在无尽的痛苦中结束了这段感情。多情多病的纳兰遭受了太多的爱恨离愁，沈宛的离去，无疑给纳兰的情感世界又是当头一棒。当一切感情的寄托犹如烟云消散殆尽，纳兰年轻的生命也走到了尽头。

康熙二十四年春天，纳兰病倒了，这次分手对纳兰脆弱的情感是雪上加霜，他再也承受不住沉重的打击，前一天，还强撑着在渌水亭和友人雅聚，第二天就一病不起。他寒疾复发，七天没有发汗。康熙二十四年农历五月三十，正是卢氏的忌日，纳兰永远离开了人间，这一年他三十一岁。也许，纳兰是追随妻子卢氏离开这个人间。

年轻的纳兰公子走了，在另一个世界里，他将不再惆怅，不会再有痛苦与寂寞。在临终前，纳兰写下了他一生最后一首诗《夜合花》："阶前双夜合，枝叶敷华荣。疏密共晴雨，卷舒因晦明"。

也许，死亡对纳兰来说，是一种人生的解脱。

纳兰一生为情而生，为情而活。无论是亲情、友情，还是爱情，他都付出了真心真情。

想对纳兰说：但曾相见便相知，相见何如不见时；安得与君相诀绝，免教生死作相思。

第九卷 我是人间惆怅客

西风一夜剪芭蕉

> 西风一夜剪芭蕉。倦眼经秋耐寂寥？
> 强把心情付浊醪。
> 读《离骚》。愁似湘江日夜潮。
>
> ——纳兰容若《忆王孙》

自古以来，文人多善言愁，这与他们骨子里流淌的多愁善感的情结有关。李白言愁"白发三千丈，缘愁似个长"，白居易言愁"汴水流，泗水流，流到瓜州古渡头，吴山点点愁"，辛弃疾言愁"少年不识愁滋味，爱上层楼，爱上层楼，为赋新词强说愁"。每个人眼里都有自己的愁，他们笔下的愁或多或少不一样，但愁的滋味却是那般相同。

容若的《饮水词》多言愁，而他也善言愁，所以，一般人对他有个误解，以为他是个消极颓废的词人，以为他的词婉约有余而豪气不足。其实他的"愁"，是在封建压力下，精神苦闷的表现。这首《忆王孙》，秉承了他一贯的沉郁风格，但细腻中有一种慷慨之气。从中可知，容若在善感多情的同时，并不失男儿的豪情。

　　他一直理想做一名江湖落落狂生，曾对好友汉族文人顾贞观说："德也狂生耳。偶然间，淄尘京国。"但他的相国公子出身和御前侍卫的身份束缚了他。纳兰17岁中举，19岁初恋夭折，同年又因寒疾未能参加殿试，22岁那年高中进士。按常规应该派他到翰林院任职或者任地方官，但康熙冷置了他一年多后才任用他为御前侍卫。这个职位和容若的理想大相径庭，所以在这个位置上，容若一直得不到快乐。纳兰想靠自己的才华报效国家，而并不是跟随皇帝，陪着他舞文弄墨、巡行狩猎，做东方朔那样的弄臣。但是大清并不缺乏征守边疆的勇士，康熙需要他，作为八旗男人的楷模于朝堂。容若的政治抱负得不到施展，爱情又不如意，所以纳兰的愁，多表现的是精神的苦闷。

　　在康熙平三藩时，一向文质彬彬的纳兰容若居然请求到前线去冲锋陷阵，立志报国，结果是一而再、再而三去上疏，都被康熙驳了回来。当时，朝廷和吴三桂的兵马正处于对峙中，西线战场上，清军处于守势。康熙舍不得将纳兰送到前线送死，对他有更重要的任命。纳兰这边，反应是失望。据考证，这首《忆王孙》就是容若上疏不成后写的。

　　"西风一夜剪芭蕉。倦眼经秋总寂寥？"在一个秋风萧瑟的夜晚，精神极度苦闷的容若愁眉不展，一夜未眠，只听得窗外秋风吹打芭蕉的萧萧声。西风凌厉而无情，不但剪落了芭蕉叶，还令夏日里残留的花草尽数凋零。芭蕉在词人笔下，向来表达的是孤独忧愁，尤其是离情别绪。面对黄昏雨夜，李易安在一阕《添字采桑子》里写道：

窗前谁种芭蕉树，阴满中庭，阴满中庭。叶叶心心、舒卷有余情。

伤心枕上三更雨，点滴霖霪，点滴霖霪。愁损北人、不惯起来听！

——宋·李清照《添字采桑子》

李易安在词中把伤心、愁闷一古脑儿倾吐出来，她对着芭蕉愁绪悱恻低徊。同样的芭蕉，吴文英在《唐多令》里说："何处合成愁？离人心上秋。纵芭蕉，不雨也飕飕。"容若也写芭蕉，他的《临江仙》里有"点滴芭蕉心欲碎，声声催忆当初"。细雨淅沥，滴答在芭蕉上，声声使人愁。

"强把心情付浊醪。"容若有一颗善感的心，面对此情此景，他是心生愁绪，然而这份愁绪无处排遣，他只有强压住内心的痛苦，借酒消愁。借酒浇愁是常人之举，更是文人之道。豪放不过李太白的"人生得意须尽欢，莫使金樽空对月"，而黄庭坚的"浮生只合樽前老，雪满长安道"豪放中又多了几分苍凉。容若取来一壶浊酒，对窗独饮，将无限的寂寥倒进杯中，化作无奈一饮而尽，他想借酒一浇心头块垒。借酒消愁愁更愁，只是这愁绪，却并非全是闲愁。

"读《离骚》。愁似湘江日夜潮。"酒后，容若随手拿起一本《离骚》，漫目读去，字字尽愁语，篇篇有千结。容若胸怀天下，书生意气，挥斥方遒，有志报国却立功无门。三藩之乱未得平叛，容若心中的愁闷，如日夜奔腾不息的湘江水般澎湃。

《世说新语·任诞二十三》里有，"王孝伯曰：'名士不必须奇才，痛饮酒，熟读《离骚》，便可称名士'。"魏晋名士多狂傲不羁，容若也有说自己是"德也狂生耳"，可见他对魏晋名士风度是心生向往。闻一多先生在西南联大开楚辞课时的开场白就是，"痛饮酒，熟读《离骚》乃可以为名士"。《楚辞·离骚》中有"虽萎绝其亦何伤兮，哀众芳之芜秽"，"举世皆浊我独清，众人皆醉我独醒"，这是愁，更是痛苦，印证了前句"强把心情付浊醪"。

"愁似秋江日夜潮"，此句是对前文的注解。屈原的《离骚》是他根据楚国的政治现实和自己的不平遭遇，"发愤以抒情"而创作的一首政治抒情诗。而容若此刻心情，有一种如同屈原般的忧国忧民的惆怅，却又无法言说。他写过诗："平生纵有英雄血，无由一溅荆江水；荆江日落阵云低，横戈跃马今何时？"纳兰是八旗子弟，血管中流的是与生俱来的血性。欲驰骋疆场报国有心，却立功无门，只能被束缚在朝堂之上，銮驾之前，男儿的英雄志得不到伸展，只能将一腔英雄泪融入一壶浊酒，化入一阕清词中。

此阕小令，虽然短小，然愁绪中隐有郁勃之气，与容若其他的一些借酒浇愁的哀婉之词颇为相异，结句尤有豪迈之气破空而来之感。如容若的一阕《虞美人》，"闲愁总付醉来眠，只恐醒时依旧到樽前"。容若除了"工愁善恨"之外，也有激昂悲愤的一面，"悲慷气，酷近燕幽"。

想起一曲琵琶曲《十面埋伏》。此刻容若的愁绪澎湃如《十面埋伏》般激越，他的心也许早就飞越到波澜壮阔的平三藩战场上。那一壶浊酒怎能洗尽他一怀滔滔似江水的愁绪？想对容若说：

他们说你是一个孤独的词人/他们说你有一颗忧郁的灵魂/你的岁月是否像我所想象的那般寂寥/……/纵有多少无奈徒托流水寄/……/还是期盼着撩开你深邃的面容……

容若啊,你《饮水词》中的惆怅,是一份何等的情怀?仿佛看见你在萧条凄凉的秋风中,独自徘徊。追思掠过三百年的时光,又怎能将你遗忘!

试看英雄碧血，满龙堆

古戍饥乌集，荒城野雉飞。
何年劫火剩残灰，试看英雄碧血、满龙堆。
玉帐空分垒，金笳已莫吹。
东风回首尽成非，不道兴亡命也、岂人为！

——纳兰容若《南歌子·古戍》

自古以来，写古战场的文人骚客很多，如王昌龄的"关城榆叶早疏黄，日暮云沙古战场。表请回军掩尘骨，莫教兵士哭龙荒"，杜甫的"鸱鸟鸣黄桑，野鼠拱乱穴。夜深经战场，寒月照白骨"，岑参的"虏塞兵气连云屯，战场白骨缠草根"……大多文人描写的都是古战场的悲壮凄凉，只有纳兰容若，他能用一颗悲悯的心，向世人道出："东风回首尽成非，不道兴亡命也，岂人为！"

在康熙二十一年冬天，纳兰受康熙之命出使索伦，目的是有所宣抚，要对索伦少数民族部落传达康熙的旨意。当时，北方一些少数民族被草原葛尔丹牵制，对康熙王朝阳奉阴违，所以纳兰此行的所谓"宣抚"，貌似和平，实际是做间谍工作，为大清讨伐准葛尔做准备,而不是和平使命。从纳兰本人来说,他不希望再发生战争,因而这一"宣抚"的使命,对于他无异是痛苦的。纳兰渴求和平,因此他一路考虑能否避免战争,又能顺利完成使命。于是他把这一腔矛盾和煎熬,倾泄于他的作品之中。

"古戍饥乌集,荒城野雉飞。"纳兰一行人一路向北,所见到的景象是一片荒芜。饥饿的乌鸦云集在古老的营垒,黑压压的一片,荒凉的城堡中,野鸡肆无忌惮地四处乱飞。曾经鼓角争鸣的古战场,已多久没有人烟了?如今却成了乌鸦、野鸡的天下。谁又能想到,这里曾是"五十弦翻塞外声,沙场秋点兵"。

"何年劫火剩残灰,试看英雄碧血,满龙堆。"劫火,佛家语。谓坏劫之末所起的大火。《仁王经》:"劫火洞然,大千俱坏。"后亦借指兵火。顾炎武《恭谒天寿山十三陵》诗:"康昭二明楼,并遭劫火亡。"这里即指后者。龙堆,谓沙漠。

那战火留下来的遗迹,是什么时候的劫火残灰?无从知晓。只有当年战场留下的点点印记,划过历史苍穹,惊醒一页残破的梦。曾经骁勇善战的英雄们,他们的碧血丹心如今都被沙漠淹没了,只有那一页青史中还飞扬着他们鲜活的面容。

"玉帐空分垒,金笳已罢吹。"玉帐:主帅所居之军帐,取如玉之坚的意思。金笳:指铜笛之类。笳,古代北方民族的一种乐器,类似笛子。刘禹锡《连州腊日观莫猺猎西山》:"日暮还城邑,金笳发丽谯。"俱往矣,当年主帅的帐篷早已空无一人,在塞外萧萧寒风中,它像一位垂暮的落魄者,颓然神伤。帐篷中曾经胡笳声声,如今都已作古,只有塞外呼啸的风声在肆虐。

面对古戍、荒城、劫灰、碧血等惨烈悲凉的烽火边城之景，纳兰不胜悲慨，遂发出"东风回首尽成非，不道兴亡命也，岂人为"的慨叹。回望历史，纳兰悲叹，古今多少是非，朝代兴亡都是天定，岂是人为！一个"非"字，切实地表现了纳兰对战争的否定，也将他反战之心跃然纸上。

纳兰曾在《柳条边》中写道："是处垣篱防绝塞，角端西来画疆界，汉使今行虎落中，秦城合筑龙荒外。"相传"角端"是一种好生恶杀的瑞兽，它一出现战争就会停止，就会恢复和平。纳兰在词中呼唤角端，也就是呼唤和平，反映了他渴望和平，反对战争的强烈愿望。

纳兰在《一络索·长城》中写道：

野火拂云微绿，西风夜哭。苍茫雁翅列秋空，忆写向、屏山曲。
山海几经翻覆，女墙斜矗。看来费尽祖龙心，毕竟为、谁家筑。

夜晚的塞外荒野，闪烁的磷火泛着绿光，像是那些战死古战场将士的冤魂与天上的云朵连在一起；荒野四周刮起了猎猎西风，像是那些冤死鬼魂在哀嚎哭泣，令人毛骨悚然。眼前的长城蜿蜒曲折，连绵不断，巍然屹立在苍莽的天地间，谁又能不惊叹这样的人间奇迹，是人力非凡造就。长城历经千年的风吹雨打，岿然不倒，它冷眼看着世事兴亡、朝代更迭。秦始皇怎么会想到，他费尽心思修筑的万里长城，究竟是为了防御谁？

历代帝王都想让自己的疆土千秋万代，秦始皇修建的巍巍长城不也没能抵挡住清军入关吗？人算不如天算，世间事上苍自有定数，哪是人力可以左右呢？

词中尽显纳兰悲天悯人的胸怀，他的这种天命观正是纳兰厌于扈驾，厌于世事纷争，向往安适的心情的折射。

值得欣慰的是，纳兰此次宣抚效果是显著的。据中南大学杨雨教授在《百家讲坛》中讲解，纳兰这次回来后，康熙王朝对准葛尔部的态度发生了巨大变化，之前是姑息，现在是变得强硬起来。康熙二十四年，朝廷处死了准葛尔部派在北京的使臣，对待索伦的态度比之前更宽容了。甚至允许他们到黄河附近游牧，说明康熙心中有数了，纳兰宣抚的使命成功完成了，这些部落也诚心准备归顺清廷了。

古往今来，是非成败皆已转头成空，古今多少事也都付之于人们茶余饭后的笑谈中。英雄末路，美人迟暮，这些都是人力无法抗拒的自然规律。在浩渺的天地间，纳兰看到了自身的渺小，在沧海桑田的变幻中，纳兰感受到了人生的无奈。

"不道兴亡命也，岂人为！"这既是怀古，又何尝不是纳兰在悲己！

人生须行乐，君知否

平原草枯矣，重阳后，黄叶树骚骚。
记玉勒青丝，落花时节，曾逢拾翠，忽听吹箫。
今来是、烧痕残碧尽，霜影乱红凋。
秋水映空，寒烟如织，皂雕飞处，天惨云高。

人生须行乐，君知否，容易两鬓萧萧。
自与东君作别，划地无聊。
算功名何许，此身博得，短衣射虎，沽酒西郊。
便向夕阳影里，倚马挥毫。

——纳兰容若《风流子·秋郊射猎》

  欧阳修在一阕《蝶恋花》中写道："玉勒雕鞍游冶处，楼高不见章台路。"意思是那些贵族男子整天沉迷于风月场所。也许，对于豪门子弟来说，风流奢靡是司空见惯的事儿，并不算什么，可纳兰显然与他们不同。纳兰确实也是玉勒雕鞍，却并没有流连于章台路——歌妓聚集之所。他所向往的，是能够尽情驰骋纵横，实现男儿英雄抱负的苍莽大地。

纳兰出生高贵，才华横溢，对于他来说功名利禄、富贵荣华唾手可得。这些都是寻常男子可望而不可求的，可纳兰轻松拥有后却并不快乐。因为他并不是一个只会吟风弄月，感伤时事的文弱书生，相反他是个有着济世经邦之能的谦谦君子。他不仅有安邦之才，也有定国之勇。作为八旗子弟，纳兰精骑射、骁勇善战，韩菼（清朝官员，文学家）说他"上马驰猎，柘弓作霹雳声，无不中"，他的老师徐乾学称赞他"有文武才，每从猎射，鸟兽必命中"，可见其武功不凡。

纳兰渴望建功立业、驰骋疆场，可命运偏偏安排他做了皇帝身边的一等御前侍卫。所以他心中郁郁寡欢，一身本领只能在沽酒涉猎中一展雄姿。

重阳节后，北方平原上的草已经枯萎了，树叶也枯黄了，在疾劲的秋风中凋落。记得春日骑马来此踏青，那时是多么意气风发。如今故地重游，已是肃杀晚秋，一切都是那么萧瑟凋零。

白居易说："离离原上草，一岁一枯荣。野火烧不尽，春风吹又生。"现在小草已掉尽绿色，被野火焚烧过的残痕还在，要想重新勃发生机，也只有等待来春。秋霜无情地摧残着落花，一片片落红无奈地在疾风中乱舞。澄清的秋水，倒映着湛蓝长空，水面上蒸腾起一层渗着浓郁寒气的烟雾，范仲淹在《苏幕遮》中也曾写过这样的秋景，"碧云天、黄叶地，秋色连波，波上寒烟翠"。只不过，纳兰所见的秋景中还有天高云淡，苍鹰搏击长空。

"人生须行乐，君知否，容易两鬓萧萧。"这样的人生慨叹并非纳兰一人所感，宋朝的太平宰相晏殊也曾有过，他说：

一向年光有限身，等闲离别易销魂。酒筵歌席莫辞频。
满目山河空念远，落花风雨更伤春。不如怜取眼前人。

——宋·晏殊《浣溪沙》

晏殊一生显贵，崇尚风雅，喜诗词歌赋，好用对酒当歌的生活方式作为娱乐消遣。他在这里慨叹的是生命有限，世事无常，他是担忧自己拥有的美好事物，会随着时光的流逝而流逝，所以要好好珍惜眼前所拥有的人和事。而纳兰的慨叹则是人生易老，人生抱负没有实现，所以他有一种忧郁感和紧迫感。

"自与东君作别，划地无聊。"因为这个原因，所以即便是在生机盎然的春天过后，纳兰依旧是感到心绪无聊。他只有这样聊以自慰，"算功名何许，此身博得，短衣射虎，沽酒西郊。便向夕阳影里，倚马挥毫"。想想功名算什么？还不如沽酒涉猎，在斜阳下泼墨挥毫来得酣畅淋漓。

其实，这并不是纳兰心中真正的想法，这只是他内心情感无奈的宣泄。可是不这样劝慰自己又能怎样？他无法主宰自己的命运。明明是进士出身，皇帝偏偏安排他武职做侍卫；他向往自由，可身份束缚他要频繁陪伴皇帝左右。在康熙平定吴三桂时，纳兰以为机会来了，他多次自告奋勇要奔赴前线，可是无论父亲明珠还是康熙皇帝都没有同意他的请求。

纳兰固然是满洲的勇士，可他更是宰相明珠的儿子，康熙的近臣，大清不乏冲锋陷阵的勇士，他们不愿意看着他去送死。对于皇帝来说，纳兰品格高尚，文武全才，是所有清朝男人的楷模，他要把他作为一个样板摆放在世人面前，所以他舍不得让他去当炮灰。

纳兰是个热血男儿，他正值血气方刚的年岁，且又弓马娴熟，作为马背上民族后裔的他，怎么能没有几分雄心壮志？每个男人都有个男儿梦，梦想自己能指点江山，激扬文字，纵横四野，挥斥方遒。

苏东坡在一阕《江城子》中也曾抒发过这样的豪情。

老夫聊发少年狂，左牵黄，右擎苍，锦帽貂裘，千骑卷平冈。为报倾城随太守，亲射虎，看孙郎。

酒酣胸胆尚开张，鬓微霜，又何妨？持节云中，何日遣冯唐？会挽雕弓如满月，西北望，射天狼。

——宋·苏轼《江城子·密州出猎》

那时苏东坡已一把年纪了，且被贬密州，人生际遇当处于低谷，可他仍不减豪情，还想在游猎中寻找青春的感觉。当然，他的人生理想并不是真的想打猎游乐，而是和纳兰一样，渴望为国建功立业。试想，一个胸中有万千甲兵的勇士，渴望奔赴沙场为国立功，可就因为自己的贵族出身和过人才华而被束缚，他怎能快乐得了？雄鹰的世界是辽阔天空，如果将它捆缚于方寸笼中，失去了自由，它怎能有快乐可言？

看似钟鸣鼎食、富贵荣华，可这些对于纳兰来说都是外在浮华，甚至是束缚。他需要的是自由，他需要的是有自己的天空，可惜他一生都不得志。正如他自己在一阕《浣溪沙》中所说：

已惯天涯莫浪愁,
寒云衰草渐成秋。
漫因睡起又登楼。

伴我萧萧惟代马,
笑人寂寂有牵牛。
劳人只合一生休。

——纳兰容若《浣溪沙》

这阕小令只有六句话,却写照了纳兰的一生。或许在别人眼中,纳兰身为御前侍卫,又深得皇帝宠信,会有着不可估量的前程,而其中苦味也只有容若自己知道。

一年到头不分时日地奔波,鞍前马后地侍奉,自己忙得就像一只停不下来的陀螺,随时要扈从出巡,听从差遣。伴君如伴虎,纳兰时时要谨小慎微,唯恐出现差错。这种刀尖上的日子,让向往自由的纳兰,觉得自己就像只木偶似的被那根无形的线支来拽去。

爱情的支离破碎,亲人的聚少离多,理想的遥遥无期,而自己又几乎等同失去自由,这些所有的怨愤积压在纳兰心头,压得他几乎窒息,于是他终于在这个特定的地点、特定的时刻迸发出"劳人只合一生休"。

也许是一语成谶,在写完这首词的两年后,纳兰终于郁郁而终,走完了自己年轻的一生,"劳人只合一生休"的感叹,概括了纳兰无奈的伤感人生……

容若,你说"人生须行乐",只是"君知否"?

我是人间惆怅客

残雪凝辉冷画屏,
落梅横笛已三更。
更无人处月胧明。

我是人间惆怅客,
知君何事泪纵横。
断肠声里忆平生。

——纳兰容若《浣溪沙》

冬雪茫茫,厚重的雪积压在花园中的梅枝上,落梅洒满香径。花园的小径上、亭台边、湖面上,堆积的积雪,隐现了它前一日的豪迈。残雪将天空映照得亮如白昼,它的光亮返照在屋内的屏风上。雪夜的清冷,和着落梅的幽香,弥漫在院子的每一个角落。夜深沉,远处有清洌的笛音悠悠传来,吹奏的正是那支古老的曲子《梅花落》。笛音如泣如诉,起起落落在人心头。抬望眼,月色正朦胧。一个孤独惆怅的背影,伫立在寂寥无人的庭院潸然泪下。

这个落寞的背影是谁?缘何在这清冷的夜里泪水纵横?他就是赫赫有名的清初第一才子纳兰容若。

纳兰出身显贵,曾祖是皇太极母亲的亲哥哥,也就是说容若和康熙皇帝是表兄弟。纳兰家族是满族的正黄旗,著名的叶赫那拉氏,世袭爵位,到了他父亲纳兰明珠这一辈,更是飞黄腾达,是康熙朝名盛一时的权相。纳兰的母亲也出身高贵，是亲王的女儿，一品诰命夫人，皇族爱新觉罗氏。

这样一个锦衣玉食的豪门公子，他的人生应该是早就铺好一条金光大道，他还有什么惆怅呢？然而，恰恰是纳兰不寻常的出身，让他烦恼不已。纳兰和贾宝玉一样是个纯净的人，他厌恶官场的尔虞我诈，讨厌上层社会的虚伪奢靡，向往一种自由独立的生活。他自称是"德也狂生耳"，向往做一个江湖落落狂生，而他的相门公子身份，束缚了他。

他渴望摆脱这样的身份，却又不得不恪守当时的道德法律准则。他钦佩父亲的政治才干，却很厌恶父亲在官场上的结党营私，卖官鬻爵。纳兰是个孝子，尽管他精神上与父亲背道而驰，越走越远，但他对父亲始终敬爱有加。每当父母生病时，他必亲自端汤送药，衣不解带地日夜侍候，直至父母痊愈。

因为与父亲的政见不一，纳兰又是一个孝子，他不得不压抑自己，以尽人子之孝。如果，纳兰的母亲是个慈祥温厚的人，也许他的压抑情绪，可以在母亲那里可以得到缓解释放，然而他的母亲是个悍妇。据说，纳兰的母亲管束他的父亲明珠，不可以和丫鬟直面接触，以防闹出花边新闻。一次，明珠无意夸一个年轻的丫鬟眼睛漂亮，第二天，纳兰的母亲就将丫鬟的眼珠挖出呈送给明珠。不管此事是否有根据，但可以窥见一斑的是，纳兰在这样的家庭，得不到温暖，所以他压抑愁闷。

和林黛玉一样，纳兰的表妹因家道中落，从小寄居在纳兰家里。她和纳兰青梅竹马，一起长大，俩人日久生情，乃至私定终身。可是，清廷选秀制度，硬生生拆散了他们的姻缘，表妹被选为皇妃，从此俩人天各一方。初恋的夭折，给纳兰带来沉痛的打击，他大病一场，也因此失去了他实现人生理想抱负的一次机会。

纳兰的人生理想是，凭借自己的实力，学而优则仕。结果他因病重未能参加殿试，而错失良机。事业的失意，更是给病重的纳兰雪上加霜。尽管他后来高中皇榜，成了人人羡慕的康熙身边的近臣，可他内心并不喜欢这个职位，反而是十分排斥这样的生活。一则伴君如伴虎，他不愿意过如履薄冰的生活；二则，他不愿做像东方朔那样的弄臣，想做贺知章那样的有独立人格的狂客。

纳兰的人生愿望是能专心做学问，做自由的落落狂生。如果，康熙皇帝安排他去翰林院进修，让他编著立说也许符合他的人生追求，偏偏康熙安排他做身边的侍卫。纳兰不是阿谀奉承的人，也厌恶官场那一套，况且，再高级别的侍从，也不过是皇帝身边的奴才而已。品性高洁的纳兰，能愿意放下自尊，卑躬屈膝吗？他不喜欢这样的生活，却不得不压抑自己去适应。

纳兰生活在这样情非得已的压抑环境中，心中怎能不惆怅？所以他说自己是人间惆怅客！他无法选择自己的出身，无法选择自己的婚姻，无法主宰自己的命运，这对一个向往独立自由的多情词人来说，怎能不是一种无法言说的无奈？因此他说"知君何事泪纵横"。

情感的失意，理想和现实的矛盾，这些无法言说的痛，蹂躏着纳兰敏感脆弱的心。他身在朝廷，却向往浪迹江湖，而他的出身，却让他无法实现这样的理想。他追求自由恋爱，却无法和心爱的人在一起。为了能和心爱的人在一起，他情愿抛弃荣华富贵，相对忘贫。

孤独的纳兰，是他所在社会阶层的叛逆者，可是他的心事不能说，也无处说，他只有选择在夜深人静、"更无人处月胧明"时怆然泪下。他没有家庭的温暖，得不到人理解，唯一心爱的贴心知己，也被选秀进宫，成为皇帝的女人；后来，尽管他与结发妻子卢氏情深意笃，但卢氏只和他过了三年幸福生活，就因难产并发症，匆匆到了另一个世界；再后来的红颜知己沈宛，也因种种客观压力，不得已和他分手。看似拥有世间一切的纳兰，除了拥有一份支离破碎的情感，其实一无所有。他想要的，不可以得到；他不想要的，被强加于身。

在这样清冷的雪夜，在落梅如雪乱的月下，纳兰听到了哀怨清幽的笛音，怎能不触景伤情？"断肠声里忆平生。"纳兰在如泣如怨的笛音中，思忆起曾经的往事，不禁泪湿沾襟。

纳兰在思忆什么？是《梅花落》的曲子，又勾起他想起和表妹曾经的点点滴滴。

梅花一弄断人肠/梅花二弄费思量/梅花三弄风波起/云烟深处水茫茫……

问世间情为何物/直教人生死相许/看人间多少故事/最销魂梅花三弄……

他忘不了她，他心里放不下她。偌大的相国府邸，每一棵花草都摇曳着表妹的影子，每一座亭台都荡漾着表妹的声息，就连穿梭在云层里的月亮，也隐约着表妹如花的笑容。伊人若阆苑仙葩那样美好，却宛若水中月、镜中花，可遇而不可求。他们只有缘相爱，却无缘厮守,纳兰付出了全部的爱,却以劳燕分飞而告终。

"我是人间惆怅客,知君何事泪纵横。"在这样寒冷的雪夜,"残雪凝辉冷画屏"传递着一种无言的凄清。独自落泪的纳兰,没有一个人懂他,能为他拭去伤心的泪水。

残雪冷,画屏冷,月光冷,心更冷。

谁家玉笛暗飞声,也许,今夜只有那笛音能懂纳兰,它触动了纳兰心中最柔软的角落。"家家争唱《饮水词》,纳兰心事有谁知?"都说明月千里寄相思,明月啊,你能否将纳兰今夜的思念,穿越过重重宫墙,寄到深宫中表妹的身边?

梅花一弄断人肠/梅花二弄费思量/梅花三弄风波起/云烟深处水茫茫……

纳兰的深情,注定他是个人间惆怅客!

后记：人生恰如三月花

初相遇，是缘于你的一句"人生若只如初见"。走进你的世界，才知道你是一朵冰清玉洁的塞上雪花，不染世间一丝尘埃。你这朵雪花，"冷处偏佳，别有根芽"，却偏偏落在"淄尘京国，乌衣门第"，你不屑与富贵之乡的牡丹、芍药为伍，自嘲自己"不是人间富贵花"。

你的曾祖父金石台是八旗正黄旗叶赫部首领，其妹孟古格格嫁努尔哈赤，是清太宗皇太极的生母，你的父亲纳兰明珠是一代权相，你的母亲爱新觉罗氏是英亲王阿济格第五女，一品诰命夫人。如此显赫的身世，容若呵，这怎么就非你所求？

你渴求做一名江湖落落狂生，可你的出身不允许，你不得不出入于波诡云谲的官场；你至情至性、悲天悯人，可你的父亲却卖官鬻爵、中饱私囊。论文韬武略，王国维说你是"北宋以来，一人而已"，韩菼说你"上马驰猎，柘弓作霹雳声，无不中"，你的老师徐乾学也称赞你"有文武才，每从猎射，鸟兽必命中"，可见你文才与武功之不凡。你满心期望凭借自己的实力报效国家，可皇帝只安排你做一名贴身侍卫。这些理想与现实的矛盾，无时无刻不在折磨着你的心。

你那初恋表妹雪梅，与你青梅竹马，你们两情相悦，有过一段甜蜜美好的相恋时光，可是她却被选秀进宫成了皇帝的女人。"梅花似雪，雪似梅花，似与不似都奇绝。"表妹雪梅有着和梅一样遗世独立的美，作为一代明君的康熙皇帝又怎会不欣赏她的清幽？尽管康熙是个有着和太阳一样光辉的少年天子，可雪梅心中只有如玉般温润的你。她哭着埋怨你"人生若只如初见，何事秋风悲画扇。等闲变却故人心,却道故人心易变"。

她是错怪你了,她怎知你还是个未及弱冠的少年,你无法主宰自己的命运,更无法与皇权抗争,她不懂你沉默背后的伤痛和无奈。你只有眼睁睁地看着表妹被带进宫里,你的心也随之被带走,从此你成了一个无心人。为此,你大病了一场,卧床半年未起,以至于你失去了科举殿试的机会。

表妹走了,你的心被掏空了,可你却无法言说,也不能言说,绝望中你向天悲诉:"一生一代一双人,争教两处销魂。相思相望不相亲,天为谁春?"憎相会,爱别离,一道厚厚的宫墙令你俩天各一方,生离形同死别。为了能见她一面,你不惜趁国丧期间,假扮喇嘛进宫,就那样匆匆地、远远地看她一眼。

覆水难收,天已注定这样无奈的结局,可你仍无法将她从心中剜去,只想知道,她过得还好吗?

曾经我为你的一句"谁翻乐府凄凉曲"困惑了好些日子。我知道这首"乐府凄凉曲",是千年前那个十六岁的弹筝篌的女子所唱。"只缘感君一回顾,使我思君朝与暮",这首曲子,时隔千年依然拨动着我的心弦,高高低低地萦绕在我的心里。

那些日子,我持续多日无法睡眠,偏偏在一个秋月朗朗的夜晚,从邻家传来悠扬的二胡声,那凄婉的旋律将一地的月光揉碎,就像你破碎的心。刹那间我顿悟了,你的初恋情人表妹也喜欢弹奏这首古乐府曲,在她离去之后,你也是在这样一个清朗的秋夜,听到曾经熟悉的琴音,于是你思念远在皇宫中的她,为此你才"瘦尽灯花又一宵"的吧。

"相思相望不相亲"是什么滋味？只因这种滋味生不如死，所以你才会忍无可忍地对天从胸腔中迸发出"天为谁春"的控诉！你日夜难眠的日子太多、太多了。情深不寿，一个人的生命能有多少心血，经得住如此的煎熬？

你是康熙皇帝的贴身侍卫，你敬重这位仅大你八个月的表哥。作为君臣，你俩肝胆相照；同为俊杰，你俩惺惺相惜。可偏偏就是他抢走了你心爱的女人。在大殿之上，这个男人给你的赏赐越多，你的内心越是沉痛难安；当你不得不跪下接受他的封赏时，你的心仿佛被一把看不见的匕首划出一道道血痕。

每当你"沉思往事立残阳"时，就会想起表妹"背立盈盈故作羞"的倩影，想起她"夕阳谁唤下楼梯，一握香荑"的俏皮，想起与她"絮语黄昏后"的甜蜜。爱已成往事，你内心的一道道血痕隐隐作痛，你只有调笑自己"彤云久绝飞琼字，人在谁边。人在谁边，今夜玉清眠不眠"，"月似当时，人似当时否"？

你是一个孝子，作为明珠的长子，你肩负家庭责任，你不得不接受父母的安排，娶妻卢氏雨蝉。尽管卢氏知书识礼，温柔可亲，可你心中已有一个她，你本能地排斥、冷落卢氏。可卢氏的温情融化了你的心，你自责不已，如此对表妹雪梅是不是一种情感的背叛。容若啊，那是一段逝去的无法挽回的情，你从未辜负过她，又何来的背叛？

卢氏的到来，让你的生活重现了一抹亮丽，你们"赌书消得泼茶香"，你们绣榻闲时并吹红雨，雕阑曲处同倚斜阳，可这样的日子你们只过了三年，卢氏就因难产离你而去。你像鸵鸟一样一直不敢面对这样的现实，你时常幻觉卢氏没有死，她只是像平常一样喝醉了酒，贪睡而已，甚至梦见她对自己说"衔恨愿为天上月，年年犹得向郎圆"。好梦难留，只赢得你更深哭一场。

"挑灯坐，坐久忆年时"，这样的日子你整整熬过了十年，这十年里你想卢氏，期望能"重泉若有双鱼寄。好知他、年来苦乐，与谁相倚"，你期待"待结个、他生知已。还怕两人俱薄命，再缘悭、剩月零风里"。可是上穷碧落下黄泉，你找不到伊人的身影，"爱他明月好，憔悴也相关"，盈盈泪光中你"一片伤心画不成"，"方悔从前真草草"。

人啊，都是这样，在拥有的时候没觉得彼此有多珍贵，一旦失去了，才后悔当初的漫不经心。光阴告诉我们，走的最急的总是最美的时光，于是我们才会爱上怀念。

在卢氏逝去八年之后，你遇到了红颜知己沈宛，你一度以为她可以替代卢氏。可是沈宛一介歌妓的卑微身份跨不进高高的相府门槛，你们之间的爱是不平等的，这就意味着这又将是一场没有结局的爱。你们只在一起一年时间，沈宛回到了江南，下落不明。在她走后，你再也承受不住这样的打击，在一个葬花天气里，抱病和友人一聚后就卧床不起，走完了年仅31岁的年轻生命。

容若啊，你的爱情之路是坎坷的，好在你还有友情慰藉。你有一群莫逆之交，你用真挚和信任打动了他们，你与他们的倾心交往和心灵默契，成了你精神上的安慰与寄托。你与顾贞观的友谊更是被传为千古佳话。你在明珠相府中开辟出一块地，专门盖了几间茅草房，邀请顾贞观来长期居住，你还专门写了词来邀请：

问我何心，却构此，三楹茅屋。可学得，海鸥无事，闲飞闲宿？百感都随流水去，一身还被浮名束。误东风，迟日杏花天，红牙曲。

尘土梦，蕉中鹿。翻覆手，看棋局。且耽闲嚼酒，消他薄福。雪后谁遮檐角翠，雨余好种墙阴绿。有些些欲说向寒宵，西窗烛。

——《满江红·茅屋新成却赋》

无论是对爱情还是友情，你都付出了全部的自己，一腔热血，真挚感人。你信手的一阕词就波澜了我们的世界，徐志摩说：可以催漫天的焰火盛开，可以催漫山的荼蘼谢尽。

我说你是天下最深情的男子。和你相比，潘岳太功利、元稹太风流、苏轼太旷达，只有容若你才配做世间最美的情郎，可你偏偏还要悔自己薄情，容若啊，如此你要置天下男子何顾？

也许有人说，你的词格调不高，可是你三十岁的生命还没来得及深刻、睿智；也许有人说，你的词只是小情小调，可是你三十岁的生命还没来得及辉煌、伟大。

是的，你不伟大，但是你的清新自然，让我们觉得你是那样的真实可亲；你不深刻，但是你的纯真朴素，让我们觉得你是那样的真挚可爱。

容若，我们爱你，因为我们的时代刚性的东西太多，我们需要你的温情唤醒人性中最柔软的东西；我们爱你容若，因为我们的时代，真情被功利绑架，我们需要你的真情来唤醒人性最初的纯真。

"家家争唱饮水词，纳兰心事几人知"，在有情的过往里，我们无从知晓你真正的心事，但你流淌在文字中的深情让我们感动，让我们珍惜。尽管你的文字"一种凄婉处，令人不忍卒读"，可我们却从未后悔为你流过泪，为你伤痛过。

虽然你已离开我们三百多年之久，可你却又未曾离开过，因为你的真性情一直流淌在我们心里，洗涤着我们的灵魂。尽管，你坟上的那抔黄土已凉薄，可隔着它，我们依然可以感受到你纯粹的爱和深婉的情。

也许时光留给你的墓志铭就是这句"人生若只如初见"，可它却时刻在感召着我们不忘初心，不忘最初的美好。你切切实实地用你的赤诚之心、自然之舌告诉我们，情义无价。

只是容若，你知否？